在結局前走失

Misa 著

When Love Strays

楔子

這是一個非常老套的故事，老套到趙子喬都不會寫到故事中。

肯定會被讀者說太狗血又或是太八點檔了。

有趣的是，現實往往都比小說來得更加離奇。只是大多數的人現實人生都還算得上是幸福快樂，便覺得小說內容是無病呻吟。

但換個方向想，也只有幸福快樂的人才有閒情逸致看小說吧。

或許每個人都認爲自己的人生很苦、困難重重，但事實上，都比一般人要幸運多了。

趙子喬雖然這麼想，但她不會寫出來的。

畢竟，小說是虛假的世界，沒有人要看眞話的。

就算他們覺得自己在看眞話，那也只是修飾過後的謊話。

大家不相信童話故事的「永遠幸福快樂」，卻相信所有故事的結局一定要走向釋然，走向希望。

沒錯，所有人終將釋然。

只是往往自己的釋然，在他人眼中是接受了現實無奈的可悲行爲。

第一章

趙子喬通常在打上「全文完」後，還會有一種故事還沒有說完的感覺。

這時候她會坐在書桌前仔細思考，到底還有哪裡可以補充？於是滾動滑鼠的中鍵，去確認故事的情節是否有需要加強的部分。

但大多數時候，當她打上全文完，就表示這個故事眞正完結了。

所以即便她再回去看那些章節片段，也絲毫加不進任何情節，或許這也是身爲作者的盲點，總是需要編輯的提點後，才會知道缺失了什麼。

不過再怎麼修潤更改，結局都不會改變，只要是最一開始就決定好的結局，即使感覺沒有說完，但都是結局了。

或許人生從來沒有眞正完結的時候，即便死亡了，你曾經留下的意念與影響還是會存在於你的子孫心中，就算沒有後代，也一定多少有人會記得你。

直到很久以後，認識你的人都死了，你所留下的影響也消失了，那時候才是真正的終結吧。

她輕笑出聲，這種胡思亂想總是會出現在寫完一個故事之後，就像是餘燼般燃燒著最後的空氣，最後只剩下一絲餘韻。

她點開了信箱，將稿件上傳到附件，這才發現標題居然還是「系列1」，連書名都沒有。

不過寫作這麼多年，她總是習慣把書名取為「系列I」或「系列II」，畢竟與其花很長的時間想書名，不如先快點把故事寫完，等最後再來想。

親愛的小小大大：

附件是我的稿件，久等了，我下一次絕對不會拖稿了（抖）。

子喬

簡明扼要的信件，是傳給她的編輯——沈小小。

她知道他們火燒眉毛，也對於自己近年來總是越來越晚交稿這件事情感到很抱歉，但她確實力不從心。她當然還是喜歡創作，也喜歡說故事，但生活的重心逐漸偏移，在家庭與事業上，她沒有辦法好好達到平衡，變得兩邊都沒有做好。

「唉。」交完稿件雖然如釋重負，但生活的重擔還是壓在身上，或許心魔是自己，跨不過去的也是自己。

手肘撐在書桌上，她苦惱得雙手五指都陷入頭髮中。她已經好幾夜沒有睡好，又得佯裝無事地笑著，欺騙自己一切都好。

然後，她會把自己關在書房中，假裝忙碌……也不能說假裝，因爲她是眞的很忙，只是忙得無法專心，所以她的稿子參雜著許多混亂，但莫名的也增加了些韻味。

嘆了一口氣，趙子喬逼自己冷靜。她再次握上滑鼠，登入了聊天軟體，看見楚煜函傳來的訊息，表示他今天要留在電視臺加班。

「胤民臨時要我卡班，所以我到電視臺幫他。」

訊息的內容是這樣，十分常見的理由，身爲彩妝師的楚煜函雖然勉強算是有上下班時間，但加班也是常態，有時候彩妝師之間互相幫忙也很平常。

「知道了。」

她回覆後，馬上關閉了電腦，衝到房間拿起外套，來到客廳將鑰匙、錢包與手機全部掃進包包，一邊穿著鞋子一邊關燈。

就在準備踏出門前，手機發出提示聲，她看了一下行事曆的提醒，驚覺早就超過月經該來的時間，她內心有些狂喜，但又叫自己先不要想太多，要是白白歡喜一場，那失落感會更重的，而這已經發生好幾次了。

於是她壓低情緒，快速跑到房間的化妝臺，打開抽屜，從那堆小山般的驗孕棒中拿出了一枝。

每一次只要月經遲到了，她就會欣喜地想是不是懷孕了，然而當驗孕棒只顯示一條線，她便失落得無以復加，但又會抱持著一絲僥倖，想著會不會只是人類絨毛膜促性腺激素還不夠高，所以驗孕棒才沒有顯現第二條線，或許再過幾天就有了。

可是每每這麼想，稍晚一點月經便來臨，打破了她僅存的、最後的一絲希望。

她和楚煜函已經結婚四年了，兩人一直都有生孩子的計畫，但無奈一直都沒有成功，他們總是保持著「沒關係，兩人還年輕啊，再試幾年吧」的想法。

但一轉眼，她都三十二歲了，也還能再試試能不能自然懷上，但面對即將到來的高齡產婦年紀，她還是有點緊張。

雖然這個時代幾乎人人都是高齡產婦了，且醫療的進步也讓生產這件事情沒那麼危險，不過或多或少，她還是有點擔心。

擔心的事情很多，但期待的事情也有很多。

趙子喬咬了咬下唇，還是把驗孕棒放入包中，不忘帶上筆電，拿起手機叫車。

車子一路駛往楚煜函工作的電視臺，對面有一間二十四小時營業的咖啡廳，她點了些餐點，選了面對電視臺正門的落地窗位置，稍微計算了一下時間——至少兩個小時內楚煜函不會出來，如果他真的在加班的話。

她將筆電打開，開啟了新的WORD檔案，雖然才剛剛交稿，但那是已經拖稿後的稿件，原先這個月底還有一篇稿子，所以她現在得馬上開始寫才行。

就在她著手準備時，瞥見了包裡的驗孕棒，思考了一下，她還是決定速戰速決，拿起包包就往廁所走去。

驗孕棒的用法她早已駕輕就熟，在等待線條顯現的五分鐘裡，趙子喬忍不住輕笑，在沒有準備有孩子的時候，每次等待驗孕棒都很緊張，很希望不要出現兩條線，如今卻是反了過來，她多希望這一次不一樣。

五分鐘過去，在她看見不出意外的一條線時，頓時感覺內褲一濕，屢試不爽的驗孕完畢月經便來。

嘆口氣，她拿起了一同放在口袋中的衛生棉。

不期待就不會失望，她告訴自己好多次了。況且她也不確定，現在有孩子對她和楚煜函的夫妻關係會有什麼影響。

會更好？還是更壞？

要是她在楚煜函的臉上看見了一絲失望該怎麼辦？

她想要孩子的原因到底是什麼？因爲楚煜函說過想要？還是爲了挽救這段不冷不熱的關係？

她眞的不知道。

她曾經看清那些搞不懂自己要什麼的已婚女人，如今自己踏入其中，竟然也與他人無差別了。

走出了廁所，她看著筆電上空白的WORD，心想，還是認清現實吧。

生活再怎麼如一潭泥沼，她還是得工作。

於是她開始在WORD打下一篇故事，一邊不忘分神去看楚煜函有沒有從前面的電視臺出來。

一邊等待，她一邊想著，她和楚煜函是從什麼時候變成這樣了？過往的她明明很有自信，甚至認爲不需要監視另一半，對方若有意要亂來，就算是圖書館也能亂來的。

她只要活好自己的精采人生，就算有天對方愛上別人，她也毋須擔憂，反正離開不就好了嗎？

是啊，她的確把自己的人生過得還算精采，就算楚煜函眞的現在說要離婚，她也有足夠的能力一邊付房貸一邊保持現有的生活品質。

況且，他們又沒有孩子，離婚後一乾二淨，完全沒有剪不斷理還亂的牽絆。

但爲什麼，她此刻會在這裡呢？

她一邊想著，一邊在WORD打上了：

「我們，都變成了自己曾經討厭的那種大人。」

趙子喬一直以來都是一個清楚自己要什麼，且想要什麼未來的女生。

一般人很少在小時候就找到一生興趣，但是趙子喬從小就知道了。

她喜歡看故事，只要是訴說故事的任何媒介她都喜歡。她從還不認識字時就開始看繪本，從牙牙學語就開始聽睡前故事錄音帶，而隨著年齡增長，她慶幸小時候臺灣尚未開始書籍分級制度，所以她看了許多「不合時宜」的漫畫與小說，等到臺灣開始分級制度，她便用姐姐的名字去租借漫畫和小說。

當時，租書店可是到處都有呢。

而因爲三代同堂，她放學回家除了可以看卡通、外公的一大堆老電影錄影帶，還有外婆的大量書籍可看，她最喜歡窩在客廳角落，看著那些不符合她年紀的故事。即便當下看不懂，有時候問了大人也得不到像樣的解釋，她還是會記下那些劇情，隨著年紀增長，她也慢慢理解了。

因爲如此，她閱讀了大量的「故事」，也喜歡上說故事。

她從小時候便開始嘗試說故事，一開始她用畫畫的方式，將腦海中的劇情描繪出來，很青澀又很中二，卻很純粹。

她第一次畫漫畫是國小二年級，那時候還用學校的空白數學作業簿來當畫冊，在班上傳閱後得到了好評，這讓她信心大增，於是開始大量創作，那時她的小腦袋瓜子總有源源不絕的創意，幾乎可以一個故事還沒畫完就想到下一個。

她當時除了念書、寫作業，其他的時間都在畫漫畫。

她還因此做出了口碑，其他班級的人即便不認識「趙子喬」這個人，也都知道二班有一個畫漫畫的趙子喬，只要大家不想上課，就會去跟她借她畫的漫畫來看。

「妳要不要跟人家收費啊？」第一個給出這樣建議的人，是當時趙子喬暗戀的男生劉忠瑋，人如其名，看起來非常忠厚老實，他家開的中醫診所用的就是他的名字，叫忠瑋中醫，班上的同學總是會戲稱他年紀輕輕已經開店了。

或許是因爲如此，他當時才會對趙子喬說出「收費」這兩個超齡的詞。

「妳畫畫所花的時間、想故事的創意、使用的擦子、筆芯與簿子等，這些都是成本啊，每借人家看一次收個五塊也好吧！」

想了想，他說的也有道理，不過五塊與當時租書店的價格差不多，趙子喬不認爲自己可以媲美專業出版的書籍，於是她只開了一元的價格。

還以爲這樣來借閱的人就會變少，但意外的不減反增，大家似乎認爲既然收費了，肯定故事更好看。在這樣的效應之下，爲了不愧對自己開始收費的漫畫，趙子喬畫得更認眞了。

她沒有多餘的錢可以買網點，便用自動鉛筆一筆一畫慢慢地畫；也沒有多餘的錢買背景網點，她便用尺慢慢描繪出建築樣貌，雖然這樣質感提升了，速度卻變慢了很多。

畢竟大家都是利用上課時間看的，對於畫工其實沒那麼要求，更在乎的是故事的好閱讀以及不需太過動腦，發現租借的次數下降後，趙子喬便在漫畫的最後空白頁留下了「留言板」，讓大家寫下心得感想，得到了回饋再次改善，讓她的故事、畫技還有繪畫速度達到了平衡。

雖然是一元一元的租借，但累積下來也有了一筆小小財富，這時她第一次明白：原來只要我的故事說得好，大家就會願意花錢購買。

這使得小小的趙子喬決定要請客，請那位最初建議她收費的劉忠瑋，於是下課時，她把劉忠瑋帶到合作社，豪氣地要他盡量選，她請客。

劉忠瑋也不是那種不懂得客氣的人，意思意思地選了奶茶和一包餅乾。

「這麼少？我至少賺到一百塊了耶！你也選多一點。」

「不用吧，妳總要有點利潤。」劉忠瑋擺了擺手，非常大氣地說。

「但我要感謝你呀！要不是你，我根本不知道本來只是做興趣的畫畫還能賺錢呢。」

「我只是給了建議，也要妳的故事有那個價值，大家才會願意掏錢購買。」劉忠瑋不把功勞往自己身上攬，「妳以後要當漫畫家嗎？」

「我也不知道。畫漫畫很累，但我畫得很開心，可是如果跟我媽說以後要當漫畫家，一定會被笑的吧？」

「有什麼好笑的？有喜歡、有才華、又被大眾接受的話，那就做啊！我相信妳一定可以的。」劉忠瑋情意眞切地鼓勵，趙子喬有點被感動了。

她的內心似乎有某種熱情信號被點燃了，總覺得自己好像一定可以成功，幾乎看見成爲漫畫家的自己了。

「那你未來想做什麼？」她反問劉忠瑋，也想給對方鼓勵。

「我不是很明顯嗎？我都開中醫診所了，以後就是當醫生啊！」劉忠瑋眨眨眼，平頭圓臉，模樣忠厚老實，還眞有點醫生臉呢。

「那我們一起加油，你當醫生，我當漫畫家。」

「好啊，到時候我把妳出的漫畫放在我們診所推廣。」劉忠瑋也下了承諾。

後來，因爲學區不同，升上國中後，劉忠瑋便到了另外一所國中，兩個人也沒有特別聯絡，就這樣漸行漸遠。

不過當時的約定，趙子喬一直記在心中。每一次當她畫漫畫時，就會想起劉忠瑋——第一個相信自己能成爲漫畫家的人。

所以她依舊維持著「收錢租借漫畫」的原則，而且更進步了，以前一本一元，現在一本是五元！

國中校區和學生都比國小大很多，所以借閱的人變多了，只要她畫得夠快，產出的故事夠多，就有更多人看，借書率也更快。

就這樣，其他人國中時代是念書，趙子喬則是拚命畫漫畫，一次畫兩本故事是常事，一個學期還沒過完就會至少完結兩本故事。

「趙子喬，妳有一本漫畫是初戀的故事，那一本可以賣我嗎？」

某一天，她在下課時間依舊埋首畫漫畫時，有一個女生忽然這麼問她。

「呃，妳說什麼？」她以爲聽錯了。

眼前的女生雖然是同班同學，但是和趙子喬是完全不同類型，她是班花級的存在，不，說是校花也不爲過，甚至聽說過她走在路上被星探找去拍廣告，雖然趙子喬沒看過廣告，但是虞又琳眞的長得非常漂亮，漂亮到很有距離感那種。

她甚至連虞又琳看過自己的漫畫都不知道，所以對於虞又琳忽然的搭話，她非常意外。

「我說，我很喜歡那一本關於初戀的漫畫，可不可以賣給我？」虞又琳又問了一次，鵝蛋臉上有著些許紅潤，看起來有些害羞。

「這……但是我只有一本，所以……」這還是第一次有人提出這樣的要求，讓趙子喬受寵若驚。

「我知道，還是我可以影印？影印費我出，然後再另外跟妳買？就像一般的漫畫家一樣。」虞又琳說出了另一種方式，讓趙子喬的小腦袋瞬間爆炸。

影印販賣，原來還有這種方式！她同時明白自己的創作除了讓人有花錢租借意願外，更有人想收藏。

不過這件事情的結尾並不是太好，因爲當時都是用自動鉛筆畫的，影印也沒有經驗，一口氣就連續印下去，印出來才發現成品墨色很淡，後來又調整列印濃度，出來的成果也不如實體漫畫書清楚，列印的這些錢虞又琳雖然買單了，但總有些不甘願，最後趙子喬也覺得不好意思，便直接把那一本送給了她。

也因爲如此，她們兩個變成了會打招呼且偶爾寒暄幾句的關係，雖然分屬不同團體，還是可以聊上幾句。

就這樣，趙子喬升上了高中，和虞又琳考上不同學校，也沒有再聯繫。

她依然繼續畫漫畫，可是高中的課業繁瑣又吃重，畫畫的時間變少了，只能利用休息時間、放鬆壓力時畫。

不過，雖然進度緩慢，班上的同學還是會看她的作品。

高二的某日，當她拖著沉重的步伐準備去圖書館，經過花圃時，有個男生叫住了她。

「妳是不是畫漫畫的那個學妹？」

「啊？」她推著因爲念書而度數加深新配的眼鏡，有氣無力地應。

但是在看見男生的臉的瞬間，她整個精神都來了。

眼前是高三的校草學長，學校裡許多女生上學的動力，都是爲了能到學校見到這位學長。

學長甚至上過電視節目，引起了不小的騷動，還有傳言說學長畢業以後就會進入演藝圈。

這樣光彩奪目加上又高自己一個年級的學長，理應不會和自己扯上任何關係。

不過這樣出色的學長叫住了她，使得她心臟狂跳，整個臉都紅起來，下意識拿下眼鏡，還不忘整理瀏海，想讓自己的模樣看起來好一些。

「妳是畫漫畫的學妹，趙子喬對吧？」濃眉大眼的學長露出了燦爛的笑，牙齒白得像是在拍牙膏廣告。

「對、對！」沒想到學長知道她的名字，這讓趙子喬整個精神都來了。

「妳知道我是誰嗎？我是……」

「我知道！三年一班的霍易碩學長！」趙子喬立刻大喊，但一講出來馬上後悔，這不就表示自己像花癡女一樣有在注意他嗎？

「哇，妳知道我，讓我受寵若驚。」霍易碩摸了摸鼻頭，看起來有些害羞。

趙子喬的內心澎湃——這句話說的分明就是她的狀況。

「學、學長找我……有什麼事情嗎？」她低下頭小聲地說，再多看霍易碩一眼，都會讓她心臟爆炸。

「嗯……其實我很喜歡妳的漫畫，但最近是不是停更了？」

「啊？學、學長看過我的漫畫？」

升上高中以後，願意留下心得的人變少了，就算留言也都只會寫「很好看」，趙子喬明白大家不太會像小時候一樣，在公開版面老實說出自己想法，尤其是還要具名的情況下。

於是她更改了方式，希望看過的人至少在最後的留白處簽名，就算是外號也行，讓她知道有多少人看過。

幾乎所有看過的人都願意留下名字，但是她從來沒有看過霍易碩的簽名啊。

「我們班女生會借，所以我也會跟她們借。但最近都沒有更新，她們也不知道原因，所以就直接來問原著作者了。」霍易碩有些不好意思。

「但、但是我畫的都是少女漫畫，小情小愛那種，學長也喜歡嗎？」趙子喬眞的只是好奇，卻沒想到這樣的反問讓霍易碩紅了臉。

「其實我滿喜歡小情小愛的故事。」

發現了帥氣學長的另一面，甚至原本遙不可及的學長居然喜歡自己創作的故事，這讓趙子喬瞬間覺得和霍易碩拉近了距離。

「我、我最近的確沒有畫了，因爲功課太忙了，加上又有模擬考……」趙子喬不是念書很厲害的人，她再怎麼念，能考到八十多分就很厲害了。

「原來是這樣，眞可惜，希望能在畢業前看到結局的說……」霍易碩有些失望，低著頭思忖，接著忽然瞪大眼，像是想到什麼好點子，「妳有哪裡不會的，我可以教妳。」

「啊？」

「不是我自誇，我成績很好，所有科目都是一點就通。」

「我知道，學長總是考第一名。」

「我不是自誇喔！」霍易碩再次澄清，「我也有會念書這個優點。我很喜歡看小說、漫畫和電影，對於能夠天馬行空創作故事的人，我都十分佩服，因為我做不到這些。」

「跟我相反，我什麼都不會，就只會畫漫畫。」

「這樣就很厲害啦！」霍易碩接著又說：「所以如果妳是因為念書的關係才讓漫畫進度落後，那我可以幫妳複習，這樣子妳會不會更有時間畫漫畫呢？」

這提議讓趙子喬愣了下，「學長，你真的很想看我的漫畫嗎？」

「當然呀！妳不知道妳畫得有多好。」說完，霍易碩皺了下眉，「不對，應該說，妳的劇情真的很引人入勝，我每天都在期待新的進度，畫工的話就普通了。」

霍易碩真是老實。

不過，這讓趙子喬很感動，原來真的有人這麼喜歡她的故事。

「妳故事結局都想好了嗎？」

「想好了，但是畫畫需要時間，不然其實我一開始畫就都想好結局了。」趙子喬感動得有些哽咽，還假裝咳嗽一下遮掩。

「嗯，妳是很喜歡畫畫嗎？」

「咦？喜歡啊，不然就不會畫了。」這樣的問題讓趙子喬有些疑惑，「爲什麼這樣問？」

「沒有啦，其實只是我的私心，想說如果妳都想好結局的話，會不會用寫的比較快呢？」霍易碩解釋，「根據我的判斷，那本漫畫到結尾還有段時間，我怕畢業前看不到，如果可以變成用寫的，應該能快一點對吧？」

「寫的……你是說像小說一樣嗎？」

「是啊，說故事有很多形式，電影、漫畫、小說都是在講故事，只是呈現的方式不同。如果妳是喜歡說故事，那用何種方式呈現應該都可以吧？但如果妳是喜歡畫畫，那就另當別論了。」霍易碩說到這，上課鐘聲響起，「學妹，我等等下課再去找妳。」

「不不不！學長，我們等等就約在這裡見吧？」校園風雲人物要是來到她班上，那解釋起來可是很麻煩的。

「也好。」霍易碩隨和地應。

「那我就……先走了。」趙子喬比了比圖書館的方向，霍易碩點了點頭。

將書投遞到還書箱後，趙子喬馬上往教室的方向快步跑去，因上課鐘聲已經響，然而越跑，她的心跳越快。剛才發生的一切好像是夢啊，沒想到那個眾人矚目的學長會是自己的讀者，還因爲喜歡她的故事來和她搭話，就只爲了看到結局。

這對她來說是莫大的鼓勵，但她心跳加劇的原因到底是因爲霍易碩的搭話，抑或是作品被人賞識的激動，此刻她有點搞不清楚。

或許都有吧，加乘起來，使得她呼吸更加絮亂，心情也更爲澎湃。

同時有句話深植於她心中，是霍易碩提到的，她究竟是喜歡故事，還是喜歡畫畫呢？

不過眼下她尚未有餘力去考慮這些，眼看模擬考就要到來，她的數理還是一團亂。雖然霍易碩說要教她功課，但兩人也不算熟，加上他實在太帥氣了，她不確定和他在一起會不會專注讀書。

然而，霍易碩似乎鐵了心一定要幫她補習，交換條件就是她得快點產出漫畫。

於是兩人相約於圖書館幫她課後補習，有時候連假日也會念書。一開始還以爲自己會被他的帥臉影響而不專心，但因爲霍易碩非常認眞，且教法淺顯易懂，讓她瞬間融會貫通，也就沒心思去注意他的臉了。

「學長，你這樣幫我補習，自己怎麼辦？」在一次中間休息，她終於問出口。

「我教妳的時候也在複習。」霍易碩說出了這種彷彿只有書中男主角才會說出的話。「怎麼樣？應該還算好理解吧？」

「非常好理解，甚至比老師還要會教。」趙子喬比了個讚。

「我覺得老師教得也很好，但老師面對的是三十多個學生，無法達到眞正的因材施教。像我這樣一對一的話，就能根據妳的程度與理解能力來改變教法，所以通常人家都會認爲家教很會教，其實是因爲一對一負責妳一個人，和面對三十多人的老師當然不同囉。」霍易碩此番言論讓趙子喬對他更崇拜了。

「你好厲害呢，通常都會趁這種機會說老師教得很爛，但你卻是幫老師設身處地說話。」

霍易碩聳了聳肩，「我只是覺得，每個人都有自己的立場與想法，這點妳應該也很懂啊。」

「爲什麼這麼說？」

「因爲妳畫漫畫不是要創造很多角色嗎？如果每一個角色的觀念與個性都一樣的話，就不會有衝突事件啦。我看妳漫畫裡的角色個性都大相逕庭，所以引發的衝突與情節都非常引人入勝，這表示妳對於沒有壞人、只有不同立場這件事理解得很透徹。」

「我從來沒有這樣想過。」

「是嗎？所以妳創作的時候都沒有大綱或是思考一下要怎麼發展？」

「沒有，我只想好結局，然後就一路畫下去。」她從來沒有想過他提到的這些事情，她的創作一直以來都是依靠直覺。

「哇，那妳對於創作這件事眞的很有天賦。」霍易碩給了極高的評價，「那妳現在漫畫有進度了嗎？」

「有是有，不過只有兩頁。」她從書袋裡拿出了漫畫，霍易碩開心接過，但只花了五秒就看完。

「我畫了三天，你只花了五秒。」

「眞的不夠看啦！」霍易碩低嚷，「妳眞的沒考慮寫小說？這樣我畢業前一定看不完的！」

畢業後我也可以拿給你看啊。原先趙子喬想這麼說，不過還是把話吞了回去。

邀約一個學長畢業後見面，是不是太得寸近尺了？

「不然等這次模擬考完，我試著把後面的故事用寫的寫完吧？」

「眞的？妳眞的願意爲我這麼做？」霍易碩瞪圓眼睛。

「但是我文筆不是很好，怕你看了會想像破滅。」趙子喬趕緊打預防針。

「沒這種事情。妳知道一本好的小說最重要的是什麼嗎？」

「嗯……文筆優美？」

「不是，是說好一個故事，讓讀者能夠一口氣讀下去。」霍易碩盯著她的眼睛，眞摯無比地說，「不過，我說的是大眾小說，不同領域的小說有不同的呈現方式。」

「我的作文寫得還不錯……雖然這兩種是不同的東西，或許小說……我也能試試看。」趙子喬低聲說。

「況且，妳不是也看了很多小說嗎？」

「你怎麼知道？」趙子喬驚訝地問。

「因爲我們每次約圖書館，妳都會帶書來還啊，我想大量閱讀一定能夠潛移默化的。」

沒想到霍易碩有在注意自己，她覺得心癢癢的，這到底是什麼感覺呢？

每一次見到霍易碩，她的心總是有些緊緊的，與他說話時，也會感覺到酸酸的，更多時候，她會覺得呼吸困難。

回家後，她第一次嘗試開始寫小說。

拿起了空白的數學作業本，是的，依舊是數學作業本，那過多的作業本是她創作的好工具。

她在白紙上順著漫畫的劇情寫了下去——女主角和青梅竹馬男主角一直以朋友自居，周遭的人總是把他們湊到一起，可兩人從不承認。就這樣，長大的兩人各奔東西，和別人交往又分手，身旁的人來來去去，唯一不變的是他們依然在彼此身邊，這更讓兩人堅定地認爲，唯有當朋友才能一輩子待在彼此身旁。

然而故事的最後，男主角必須遠赴他鄉，那是以朋友的身分無法伴隨身邊的距離，女主角終於發現，她想要的並不是朋友關係。可是男主角身邊已經有了別人陪伴，最後，女主角把自己的心意藏在書中，於機場分別時，把書交給了男主角。

最後當然是皆大歡喜，男主角會看到那份心意，幾個月後回到女主角身邊，並向她求婚。

雖然趙子喬認爲這樣的結局有些非現實，不過小說嘛，大家總是喜歡Happy Ending！

她一直寫著，寫到手指頭有些發痛、右手掌側面都因爲筆芯而磨黑時，才發現自己居然投入到故事中，整整寫了兩個小時。

她有些驚訝地看了下小說進度，劇情推進到這，漫畫至少也要畫個一個月，畢竟還要有風景、空格以及轉場等，況且一格畫面也不能塞進太多字。

原來她可以寫小說啊……原來她只是一個喜歡說故事的人，只要能說故事，用什麼樣方式呈現她都可以……

一意識到這一點，她忽然熱淚盈眶。

總覺得胸口有什麼熱熱的滿溢著，讓她的手指頭都不痛了，又能夠繼續把故事寫下去。

也是在這個時候她忽然意識到，她好像喜歡霍易碩。

可是多少人喜歡霍易碩啊，就算他對她很好，也是因爲他想要看她的漫畫故事結尾，那不代表什麼的。

所以趙子喬並沒有想要告白，更沒想要和學長變成「朋友」關係。

在霍易碩畢業當天，她默默把寫完的小說帶到學校。

在一團畢業生歡聲慶祝、熱淚相擁拍照的時刻，霍易碩注意到了遠遠看著的她，他和朋友打了聲招呼，便朝她跑了過來。

「妳怎麼沒說要來？」

「我剛好有空，就過來，了。」趙子喬覺得有些想哭，以後到學校就見不到這個人了，從今往後，這個人就要永遠消失在自己的生活中了。

「謝謝妳！」霍易碩搓了搓鼻頭，「對了，學妹，給我妳的ＭＳＮ吧。」

「咦？」

「怎麼這種表情？難道畢業後就不打算聯絡了嗎？太冷淡了吧！」霍易碩臉上掛著狡黠的笑容。

「因爲、因爲……我以爲你不想跟我聯絡了啊！」

「怎麼會？妳以後說不定會變成漫畫家或小說家，還是編劇什麼的，我得跟名人保持聯繫啊。」

「學長才是呢，會進入演藝圈吧？」

霍易碩只是聳了聳肩，而趙子喬拿出了那本寫完的故事，翻到最後一頁補上了一句話——

在你往後的璀璨人生中，希望你會記得，曾經有個不起眼的女孩喜歡著你。

她在下方寫上了自己的MSN帳號。

這是她人生第一次告白，但她不確定霍易碩會把這段話當作是故事結尾的一句話，還是當成她的表白。

或許，等他加入了自己的MSN就會知道了吧。

「結果最後還是沒看到妳的漫畫結局。」

聽到他這麼說，正巧寫完的趙子喬把本子合上，交給了他，「學長，這是畢業禮物。」

「什麼東西？」霍易碩忽然瞪大眼，「不會是我想的那個吧？」

他快速接過筆記本翻開，看見密密麻麻的字後開心極了，「妳寫成小說了？」

「嗯，世界上僅此一本，我第一次寫的小說，是那部漫畫的後續。」

「太好了！真的太謝謝妳了，我一定快點看完還妳。」

「不用啦，學長，這個就送給你了。」為了感謝眼前這位讓她明白，原來自己也有其他說故事方式的能力，她願意把如此珍貴的作品給他。

「謝謝妳，我會好好珍惜的。」霍易碩珍惜地看著眼前的書，「妳可以幫我簽名嗎？」

「啊？不要啦！很奇怪。」

「簽啦！萬一以後妳真的成名，這可是妳的第一本簽名書。」霍易碩說得真誠，趙子喬有些尷尬。

不過為了不辜負他的崇拜，她還是簽上了自己的名字。

「學長，謝謝你。」

「是我要謝謝你。」遠方傳來有人呼喊他的聲音，「學妹，我們下次見囉！」

「嗯，掰掰。」她看著霍易碩的背影慢慢遠去，心裡幻想著或許未來有一天，他們能夠一起穿便服出去逛街。

後來，霍易碩的確加入了她的MSN，但一個剛進大學，一個正面對升學考試，兩人總是錯過，沒辦法剛剛好兩人都上線聊天。

當她終於升上大學，霍易碩已經開始上通告節目，甚至還參與了戲劇的演出。

從那時開始，霍易碩就不再上MSN了。

兩個人就這樣沒再聯繫，雖然打開電視都能看到他就是了。

不過，從大學開始，她不再畫漫畫，改爲寫小說了。

寫小說她只需要有電腦與鍵盤就行，比起要拿出紙筆畫畫，寫小說容易多了。

之後每當有讀者或是訪談問到，爲什麼她會開始寫小說，她總是率先想到這三個人——

劉忠瑋，虞又琳，霍易碩。

他們在青春歲月中推了她一把，成爲了她走上這條路的貴人，不是直接的引導，是潛移默化的影響，使得多年後「趙子喬」成爲了小有名氣的作者。

不過，無論別人怎麼問，她從來不會眞正說出他們三個人的名字。

畢竟三個人各有粉絲，避免被有心人士說她是在攀關係，還是避嫌得好。

第二章

她的注意力回到螢幕上，看著空白的WORD，她並沒有考慮太久。

或許是想起了這些過去，她這一次決定把霍易碩當作男主角的雛形。

她很快地打好了每章的大綱，雖然她平常並不會寫大綱，而是依靠直覺，但碰到緊急的交稿時刻，她還是會先寫好每章節的大綱，這樣子在寫故事時會更快。

或許這一次，她可以寫一篇關於初戀遺憾再續前緣的故事。

初戀的劇情很是老套但是王道，人們總是對初戀劇情愛不釋手，越是老套狗血的劇情，有時候才更能引發熱潮。

雖然隨著年齡的增長，還有踏入婚姻，讓她的少女心逐漸消失，對於戀愛的悸動她幾乎都要忘光了，有時候想來也覺得好笑，像她這樣已經不再會心動的人居然在寫愛情小說？

雖然某些敏感的老讀者有發現她文風的變化，像是劇情變得緊湊，或是男女主角戀愛的契機太牽強，又或是結局總感覺沒說完就結束了……她又何嘗不知道這些事情？

她的生活，尤其是她的心境，已經變化太多了。過往少女情懷總是詩，她有無限想像及無限熱忱，如同年少時期，她幾乎在眨眼的瞬間就能想出千百種故事。然而如今，她的人生走到了另一個階段，現在甚至在一個分歧點，她瞬間懂得了太多的現實，讓她的想像力彷彿從近視一千度瞬間成爲視力一．二，一切都看得太清楚了。

當然她也想過，是不是趁機轉型？

她在過往顚峰時期也曾嘗試轉型，結果銷量並不好，那又怎麼可能選在式微的現在做大膽嘗試呢？

過往，她能夠隨心所欲寫著自己想寫的故事，但如今書市不如以往，與其寫著想寫的故事，不如寫能夠「暢銷」的故事才更重要。

在這樣的壓力之下，趙子喬不知道該寫些什麼。

過往她總是能依靠直覺去寫自己想寫的，只要她想寫也愛寫的故事，就會受到讀者的歡迎。但這不只是因爲自己有愛、所以讀者才愛這麼簡單的概念而已。

現在是那種……時間已經不會再回來，自己的人生已經走到下個階段的成長了，身心都是。

大概吧。

就連她自己都不確定了。

如今的她，腦子亂到即便有故事成形，她也沒辦法全心投入。

她的視線不由自主飄向眼前電視臺的大門，想確定楚煜函是不是眞的在裡頭。繼而忽然想到，說不定胤民會拍照打卡，所以她趕緊打開社群軟體，找尋到胤民的帳號。

一個紅色的圓圈在大頭貼旁環繞，心臟怦怦跳著，她點開了胤民的限時動態。

結果一連串都是昨天晚上到夜店喝酒的照片，她右手大拇指在螢幕上瘋狂點著，好不容易點到了今天發的限動。

胤民和楚煜函一樣都是彩妝師，時常接案到處跑，也常常會介紹案子給楚煜函。所以當她看見胤民三小時前的動態還在新竹時，雖然內心一揪，覺得楚煜函說謊了，但她還是告訴自己，新竹到臺北搭高鐵也沒多久，況且現在大多數人發限動都不是「當下」。

沒事，不要預設立場，不要覺得楚熤函在說謊。

畢竟夫妻之間，最重要的就是信任，不是嗎？

那她現在做的事是什麼？查閱胤民的動態側面了解老公動向就是信任的表現嗎？在這守株待兔也是信任嗎？

可要不是楚熤函先做了讓她無法信任的事情，她又怎麼會有這樣的反應呢？但最初的最初，楚熤函也沒有做任何事情，是她自己去查看手機的不是嗎？

基於信任，他們夫妻從來不會去看對方的手機或是電腦，畢竟夫妻已經是共同體，彼此還是要有個人空間與隱私來呼吸。

這是他們從交往以來就有的共識，但她偶爾還是會抵不過好奇心，在過往還沒有密碼的時代，偶爾她想到就會偷偷滑一下楚熤函的手機。

每次沒看見什麼，她就會安下心，覺得他們之間沒有任何問題。但是下一次有機會時，她還是會再去查看，訊息安全、社群安全、照片安全，刪除的照片、隱藏的訊息等通通安全。

那就是安全。

「嘿，妳睡了嗎？」

一則訊息跳出來，趙子喬猶豫一下，還是點開了。

「還沒，正在趕稿。」

「不是說了要充足且正常的睡眠才更好嗎？」對方回應。

「但沒辦法，也需要工作啊。」

「妳時間要好好安排才行。」對方又說，這讓趙子喬忍不住笑了。

「你好囉嗦啊！」她回。

「我是關心妳才會這麼囉嗦，多少人希望我會這樣囉嗦。」他又回應。

趙子喬又看了眼電視臺門口。

「你在家嗎？」她反問，「方便打電話嗎？」

「不方便，我在陪小孩睡覺，我老婆在洗澡。」

「好吧。」她有些失落。

「用訊息就好。」

「那我用錄音可以吧？」

對方停頓了許久，趙子喬便直接錄音傳過去，隨後打上：「不方便聽的話，我就晚點再用打字的。」

她看著「已讀」兩個字，思緒慢慢再度飄遠……

她和楚煜函戀愛兩年後決定結婚，雖然隱約覺得兩人都有共識踏入婚姻，但是從來沒有眞正詳細聊過。

畢竟這時代大多數的人都晚婚，而更多人是因爲懷孕才提早結婚。

所以，當她在二十七歲被求婚時，她還覺得太早了。

「我得要把握妳，別讓妳跑了。」楚煜函那時笑著這麼對她說。

在一場浪漫又驚喜的求婚之後，兩人登記踏入了婚姻。婚禮上，親朋好友祝福著他們，說著他們郎才女貌。

那時正是趙子喬小說事業如日中天之時，她結婚的消息引起了讀者的討論與祝福，結婚後的她創作能量不減反增，她更是順勢離職，專心寫作。

而就在兩人結婚半年後，楚煜函問她會不會想要孩子。

「如果想要的話，我們是不是越早有孩子越好？」

「我以爲是越晚越好呢。」

「如果要拚事業或是經濟的話，的確等穩定一點再有好像比較好；但越年輕生的話，體力和恢復力也更好。」說完，楚煜函抱住了她，「而且如果想要第二胎，也有更多時間考慮。」

這些處處爲了她著想的話語，聽起來何其溫暖，他們早晚都得有孩子的，不如趁早。

於是他們沒有避孕，一切順其自然。但過了半年，趙子喬才發現懷孕這件事情沒有想像中容易，她第一次上網查了資料，懷孕並生下小孩這件看似平常的事情，事實上是場奇蹟。

但是他們才二十八歲，還年輕，還是有機會的吧。

而在他們三十歲、即將要三十一歲的時候，趙子喬主動提起是不是該去醫院檢查一下。

他們沒避孕這麼久了，連驗孕驗到兩條線的機會都不曾有過，這絕對是有問題的啊。

她內心有些擔憂，如果問題出在自己身上呢？提起孩子的是楚煜函，他一定是想要孩子的，若她是難以懷孕的體質該怎麼辦？

這都什麼時代了？女性怎麼還需要爲這種事情焦慮？要是以往的她一定會這麼說。可是如今她身在其中，才發現自己原來也算是傳統的人。

「不要擔心，如果眞的怎麼樣的話，那大不了就不要孩子，我們兩個人過一輩子也不錯啊。」楚煜函看出了她的不安，抱著她這樣說。

她在楚煜函的懷中啜泣。和他交往到結婚，一直以來她都被他捧在手掌心，像是什麼稀世珍寶一樣保護著。

她不禁覺得自己眞是太幸運了，彷彿就是自己筆下的女主角，嫁給了愛情。

就醫檢查出來後，兩個人都沒有問題。

「既然都沒有問題，怎麼會沒有懷孕？」趙子喬十分疑惑。

「還是上天不想給我們孩子？」楚煜函搞笑地說，還朝客廳的天花板喊：「寶貝啊，爸爸媽媽在等你喔，別玩了，快點下來吧。」

「你在對誰說話啊？」趙子喬笑道。

「對我們的孩子啊，人家不都說孩子會在天上挑選父母？」

「沒想到你還會信這些。」雖然這麼吐槽，但趙子喬覺得十分窩心。

「相信啊。」楚煜函環抱住趙子喬的腰，「對了，胤民說他最近在吃中藥調身體，還是我們也去調看看？」

「調身體？」趙子喬皺眉，她不是很喜歡中藥的味道，「你也要吃嗎？」

「是啊，我們兩個作息都不太正常，妳月經也不是太準時，還常常手腳冰冷。就算不爲生孩子，也要爲了身體健康吧？」

楚煜函都這麼說了，趙子喬便也同意了。

「要去哪家中醫診所？」

「胤民推薦的那家聽說很不錯，很多人排隊……我找找。」楚煜函滑手機螢幕找訊息，「找到了，這一間，我傳給妳。」

趙子喬拿起放在一旁的手機，點開了楚煜函的訊息，一見到中醫診所的名字，她驚訝了一下。

「不過在臺北，我們就得特意上去臺北了。」楚煜函說。

趙子喬點入了網址，來到醫師簡介，看見了熟悉的臉龐。

「劉忠瑋……」

「是啊，忠瑋中醫診所，現在是他兒子和老醫生輪流看，聽說兩個都很厲害。」楚煜函誇讚道。

趙子喬看著照片中那位穿著白袍微笑的男人，想起了以前他老實憨厚的稚氣模樣，想起那個跟她說，畫漫畫需要多少成本，以及讓她知道原來自己的創作值得花錢閱讀的人。

「沒想到他眞的成爲醫生了……」她低喃，可惜她並不是成爲漫畫家。

「怎麼了？」

「嗯……他是我小學同學。」

「眞的假的！也太巧了吧？」楚煜函驚訝。

他們以前都住在臺北，但結婚後兩人便搬到了新竹，不過兩人的工作還是時常往臺北跑，但車票錢花下來，也比在臺北買房子便宜，加上未來還要生育孩子，所以他們必須錙銖必較。

「要找以前認識的朋友看生育的事情，好像有點尷尬。」趙子喬有些困擾。

「不會啦！他是專業的醫生，況且是認識的人更能放心啊。」楚煜函說，趙子喬也不好再推托。

沒想到會用這樣的方式再次與以前的朋友聯繫上，雖然好像只需要Google一下就會知道的事情，可是小學畢竟是很久以前的過往了，她都忘記這件事情了。

因爲是初診，必須現場排隊。那天趙子喬一早便前往臺北，在診所開門前就已經抵達，沒想到外面排了一條長長人龍。

「你看，人超多。」趙子喬拍下排隊人潮給早上還有工作的楚煜函看，對方並沒有馬上回覆。

等到她掛號完畢，得知還得等至少三小時的時候，她慶幸有帶本書出來看。就在她尋找位置要坐下時，注意到有個不小的書櫃，好奇心使然，她上前看了下有哪些書籍。

結果意外發現，居然有一整櫃她的書。

「天啊。」甚至連最新的書也有，她忍不住小聲驚呼。

出版社的公關書不可能送到毫無關連的中醫診所，她想起劉忠瑋曾說，等她出了漫畫，他會放在診間幫她推廣，沒想到他居然記得這件事情，甚至還實現了。

明明她不是成爲漫畫家啊，怎麼劉忠瑋還是注意到了呢？

一想到這裡，她感動得熱淚盈眶。

兩個小時後，結束工作的楚煜函匆匆趕到，慌慌張張的，看起來就是一路從捷運站跑來。

趙子喬笑著說：「爲什麼這麼急？慢慢來就好啦。」

「我怕來不及看診。抱歉，讓妳一個人等。」

「有什麼關係，你是去工作啊。」趙子喬看見楚煜函眞心覺得抱歉的皺眉，讓她又笑了。

爲什麼他會這麼善良又這麼溫柔呢？

他們已經是夫妻了，這種等來等去的小事情，一般男生過了熱戀期後基本上都不在意的，可是楚煜函永遠對待她如同依舊在戀愛中，給她更多的尊重。

「但讓妳一個人等，我還是覺得很抱歉呀。」楚煜函邊說邊親吻了她的手背，使趙子喬心一緊。

怎麼會結婚兩年了，還像是在戀愛一樣呢？

人家都說婚姻是愛情的墳墓，但她總覺得結婚後更加愛楚煜函了。

此刻顯示器上的號碼輪到他們，於是兩人一同進去診間。走在楚煜函身後的趙子喬有些緊張，這麼多年沒見了，劉忠瑋會認出自己嗎？

「請坐。」穿著白袍的劉忠瑋對兩人一笑，帶著些許不確定往趙子喬看，就在對視的瞬間，他的笑容從專業親切，變成見到熟人的自然模樣。

「我看到名字就在想，到底是不是妳！真的是妳啊！」劉忠瑋站起身，似乎想要跟趙子喬來個重逢的擁抱，但猶豫了一下，先向楚煜函伸出了手，「抱歉，你是趙子喬的先生嗎？」

「醫生你好，我是楚煜函。」他回握劉忠瑋的手，兩個男人禮貌地打了招呼。

「沒想到你還記得我。」趙子喬不好意思地說。

「當然啊！妳完全沒變。」

「都快要二十年了，少拍馬屁了。」

「我才沒有呢，實話實說。」劉忠瑋大笑，「妳看見外面的書櫃了嗎？」

「看見了。」一提到這趙子喬又有點哽咽，「那都是你買的嗎？」

「當然是我買的，不是說好了要推廣彼此嗎？下一次妳得在書中把我們中醫診所寫進去啊。」

「我看不用寫，你們的生意也很好。」趙子喬笑著回應。

「你們在說什麼？」一旁的楚煜函顯然沒有跟上他們的話題，急忙插話詢問，趙子喬便把跟劉忠瑋過往的事情說了一遍。

得知他們的淵源，讓楚煜函訝異地張大了嘴，「沒想到國小生就能說出成本這種話。」

「哎呀，當時也有點想裝酷啦。」劉忠瑋不好意思地擺擺手。「妳很厲害耶，這些年出版了很多書，還改編成電影、影集等，我可都有看啊。」

「不過以前說是要當漫畫家的，沒想到變成了小說家。」

「但這也不意外，畢竟就是在說故事啊。」劉忠瑋示意他們坐到椅子上，「我還想多聊，不過還有許多患者。你們今天有什麼問題呢？」

「呃……」趙子喬思索著要怎麼說，倒是楚煜函大方地回：「我們想生孩子，但一直沒有結果，檢查也一切正常，便想說是不是從調理身體開始。」

「原來如此，那我先幫你們把個脈。」劉忠瑋倒也見怪不怪，很多人求助他的門診，也是因爲備孕有成效。

楚煜函比較簡單，只需要按時吃中藥即可，趙子喬就比較麻煩了，吃的中藥會根據行經期、經前期和經後期來做調整，同時也要搭配針灸，所以她必須一個禮拜來報到一次。

「妳先生就一個月來看一次，妳每個禮拜來時幫他拿藥就好。」劉忠瑋說。

「謝謝。對了，我的手和肩膀也因爲打字的關係時常痠痛，這也可以一起看嗎？」

「去推拿一下吧。妳每個禮拜來也可以蒸汽熱敷，多少有舒緩作用，但還是建議去做重訓，否則都只治標不治本。」劉忠瑋誠心建議。

「好吧。」在離開診間前，她注意到劉忠瑋放在一旁的全家福照片，「那是你老婆跟小孩嗎?幾歲呀？」

「對啊，小的剛上幼稚園，大的上小學了。」

楚煜函驚呼：「那你不就很年輕便結婚了？」

「不小心懷孕了，就順理成章結婚啦，反正原本就有結婚的打算，所以來得早不如來得巧——雖然大寶剛出生時，我還一邊在念書考照。不過孩子眞的會帶財，瞧，中醫診所甚至更有名了。」劉忠瑋激動地說，看樣子是個傻爸爸呀。

看著他們一家四口的照片，趙子喬很是羨慕。

「下次我們也來拍一家三口的照片吧。」像是在尋求未來的希望，趙子喬抓住楚煜函的衣角。

「當然沒問題，很快就會到那時候了。」楚煜函溫柔回應。

「一定沒問題的！我看妳也沒其他問題，只要調好身體，孩子自然就會來了。」劉忠瑋在鍵盤快速打字開著藥單，忽然大叫一聲：「差點忘記！妳得幫我簽名才行。」

「那當然沒問題。」她從包裡拿出隨身攜帶的簽字筆，而劉忠瑋則從一旁的抽屜拿出了幾本她的書。

「沒想到你抽屜裡還有我的書。」而且還是新書，趙子喬很是驚訝。

「我老婆是妳的讀者，她超愛妳的。她一直都不相信我們以前是同班同學，所以也跟我合照一張吧，我拿回去給她看看。」

「哇，謝謝你老婆。」

她在書上頭簽上「子喬」兩字，又和劉忠瑋一同拍了照，完成他的願望。

離開診所後，楚煜函滔滔不絕地討論關於劉忠瑋和趙子喬以往的交情。

「應該不是什麼曖昧關係吧？」他故意嘟嘴，吃醋皺眉的模樣像是被丟下的黃金大狗一般，趙子喬忍不住大笑，抱住了楚煜函。

「眞是的！我們那時候才國小耶，是要曖昧什麼啦。」

「誰知道呢？說不定你們很早熟啊。而且說什麼小學不會曖昧，妳自己也寫過小學時代相遇，長大後再續前緣的劇情啊。」

哎呀，眞的忘記了。

「那種事情只會發生在小說中，現實中哪會跟小學同學再續前緣啦。」趙子喬擺擺手。

「不一定，人都有遺憾。」

「喔？這麼說來，你有遺憾？」

「沒有。」楚煜函幾乎沒有猶豫地回答，帶著笑容牽起趙子喬的手，「那妳有遺憾嗎？」

那一瞬，她的腦海中閃過了霍易碩的臉。

而就在閃過他青澀臉龐的瞬間，氣質成熟、渾身散發費洛蒙的霍易碩身影從旁邊晃了過去。

那是輛公車，上頭印的是霍易碩主演的電影廣告。

「那不是霍易碩嗎？」楚煜函順著趙子喬的視線看去，見到了霍易碩的臉。

「妳不是跟他也認識？」

「對啊，但現在沒有很熟了，也沒聯絡。」趙子喬聳聳肩。

「但他越來越紅了，妳的小說如果再改編的話，不知道有沒有機會又讓他主演。」楚煜函說，而趙子喬眼神飄移。

「誰知道呢？我又不能決定主演。況且我接下來也沒有小說售出影視版權，我是不是走下坡了？」她自嘲，想要轉移話題。

「才沒有走下坡呢，妳今年每個月都有出書，忘記了嗎？」他曾經是趙子喬的讀者，但那是好久以前的事情了。

雖說是讀者，但只是剛好看過她一、兩本書，這樣說起來也不太算讀者。

但工作再忙，他都會注意她的出書狀況，也算是關心她的事業。

這樣一個溫柔又在乎自己的老公要去哪裡找？

而她居然還隱瞞霍易碩的事情，這讓她有點小小的罪惡感。

楚煜函還以爲她和霍易碩是在幾年前因爲小說的改編而認識，他完全不知道她和霍易碩高中就認識了，甚至有過一段連算不算初戀或曖昧都不知道的過往。

但，她和霍易碩現在什麼事也沒有。即便還有聯繫方式，也不會再聯絡了。

「每個月都出書，還被人說是受了編輯的照顧呢。」趙子喬再次自嘲。

寫作這麼多年，她遇見的黑粉其實不多，但偶爾出現一兩個的那一兩句話，就像是刺一樣。

大家都知道要把注意力放在愛妳的粉絲上，而不是匿名的黑粉，但眞的遇見了，還是會對萬紅中的兩點黑感到刺眼。

不過這些年來，趙子喬也學會了無視，把時間與精力放在更重要的人事物上，才是上策。

「別管那些名字都不知道的黑粉，他們只見到妳非常非常片面的模樣，就認爲妳是怎樣的人，然後在網路上謾罵，這種人都不需要在意啦，格局太小，小鼻子小眼睛的。」楚煜函極盡所能地安慰她，讓趙子喬笑得更開心了。

「我唯一的敗筆就是用本名當筆名。」所以只要Google她的筆名和一些關鍵字，就能找到她念過的高中、國中，甚至小學，也因爲小有名氣的關係，也被匿名的同學出賣，把她畢業紀念冊上的照片貼出來。

「但也因爲妳用本名當筆名，劉忠瑋醫生才能發現妳的作品啊。」楚煜函是一個凡事會往好處想的人。

「是，發生的一切都有安排。」趙子喬勾上了楚煜函的手臂，頭輕輕靠在他的肩上。

「怎麼啦？」楚煜函笑著問，也輕輕把頭靠到她頭上。

「沒有呀，撒嬌一下。這樣很像戀愛的時候吧？」

「我們現在也還在戀愛啊。」楚煜函甜蜜地說，「要是順利的話，說不定我們明年年初就有孩子，到時候這樣的兩人時光就不復存在了。」

「這麼一想，我們得趁現在更加甜蜜啊。」說完，趙子喬抱住了楚煜函的腰。

「大馬路邊的，這樣會被妳的粉絲看到。」楚煜函故作害羞，但手也環上了趙子喬的腰。

「有什麼關係？我是在跟老公撒嬌呢。」趙子喬是個大方的人，她上前，輕啄楚煜函的唇。

「眞是的……」楚煜函拿她沒辦法地一笑。

「好啦，不鬧你……唔！」趙子喬正想鬆開手，卻反被楚煜函用力攬進懷中，他親吻趙子喬，還調皮地將舌滑入，來了個熱吻。

「哎啊……」趙子喬紅了臉。雖然兩人早已親密到接吻並不算什麼，但在大庭廣眾之下如此深吻還是非常害羞的。

兩人親吻完後嬉笑著，紅著的臉與喘息的模樣早已超過惡作劇的程度，他們都不敢去看周邊路人是什麼樣的眼光。

倒是可以確定，快點回家吧，他們可有很多事情要做呢。

「我老婆洗好澡了，錄音可以一起聽嗎？」劉忠瑋的訊息再次傳來。

趙子喬馬上回應：「可以。」

錄音的內容，便是這次懷孕又失敗了。

她知道劉忠瑋傳來訊息只是想詢問驗孕了沒，原先以爲有好消息了，但這次依然落空。

所以她好失落，失落到……不知道爲了什麼失落。

她是眞的想要一個孩子，還是只是完成楚煜函想要孩子的願望？

現在楚煜函還想要嗎？有了孩子以後，他們會變好還是變壞？

有了孩子，難道不是另一種麻煩嗎？

要是離婚的話……孩子，怎麼辦？

這些事情她沒有告訴劉忠瑋，只說了自己因爲月經又來了而失落。

畢竟楚煜函疑似外遇這件事情，也只是「疑似」。

所以她才會像這樣來到電視臺前，就只爲了確認楚煜函是不是眞的在工作。

「我聽完了。」劉忠瑋的訊息再次傳來，「妳有沒有考慮做試管嬰兒？」

這話讓趙子喬愣住，她從來沒想過這個可能。

她的手有些顫抖，「聽說試管很貴？」

「現在政府有補助，但價格還是有點高就是。」劉忠瑋回應，「調養也有一段時間，我是覺得還能再等，但若你們有時間上的考慮，試管也是好選擇之一。」

她身體有點顫抖。試管？她有需要做試管嗎？

如果想要自然懷孕生個孩子都不行，是不是命中注定沒有孩子？

依照她現在的狀況，若孩子是自然來的，那還可以推說是命運，可若是做試管，代表是刻意去做一個小孩。

她說不上來這種感覺，她知道試管也是選擇之一，但是現在的她……還有他，有需要嗎？

「我會跟我先生討論的，但目前我還是想再試試看。」她顫抖著手回應。

「好。」劉忠瑋接著又說：「妳怎麼這麼晚還沒睡？沒有正常作息與充足睡眠的話，會增加受孕的難度。」

「我知道，你說的話還眞像個醫生。」

「我就是醫生。」劉忠瑋回道，「那下次回診見了。」

「好，替我跟你老婆問好。」

「我老婆說妳的新書很好看，下次要請妳幫她簽名。」

「當然沒問題。」趙子喬飛快回應。

也在這個時候，她的手機傳來了楚煜函的訊息。

「工作結束了，準備要回家。」

她心一驚，怎麼這麼快？

與此同時，她見到楚煜函從前面的電視臺走出來，胤民也走在他旁邊。

完蛋。她趕緊把東西收一收，馬上叫了計程車。

「我肚子餓出來吃宵夜，要不要一起？」她傳了訊息給楚煜函，而眼前的楚煜函正轉頭問著胤民什麼，同時間，手機也跳出了計程車三分鐘後到的通知。

「好啊，胤民也一起去。」楚煜函回。

「那等一下我把地址傳給你。」她打字回覆。

離開咖啡廳前，她又看了眼站在電視臺門口等車的楚煜函。

他沒有說謊，眞的是去工作。

她鬆了一口氣，卻又覺得自己的行爲很可悲。

她信任楚煜函，但她所做的每一件事情在在顯示她其實並不信任。

而每當事過境遷，她都告訴自己別再查勤了，可下一次，她依舊做著同樣的事。

這種事情一旦開始了，就不會結束。

查著查著，要嘛眞的就是查到點什麼，要嘛就是什麼都沒查到，但妳還是會繼續查下去。

她只是看見了，楚煜函和一個從未聽過名字的女人的聊天室。

「學姐，好久不見！」

那些字裡行間的問候，代表著他們許久未見。

但……可以說是身爲女人的直覺吧，趙子喬知道，楚煜函和這個女人絕對有過什麼。

是雲淡輕風到連提起都懶，還是重要到不能輕易說出口？

那個叫羅允芝的女人，在楚煜函的人生中扮演過怎樣的角色？

第三章

她選擇了一間清粥小菜當作宵夜，除了吃起來比較沒有負擔外，這裡離電視臺最近。

一抵達，她飛快地選好了菜色，一邊狼吞虎嚥快速地吃著，一邊注意外頭的計程車是不是楚煜函兩人搭乘的。等他們抵達，她趕緊擦了擦嘴，裝作從容又優雅的模樣。

「我在這裡。」她朝進門的兩人揮手，他們推著化妝行李箱走了進來。

「好久不見啊，妳一樣這麼漂亮。」胤民一坐下就率先稱讚趙子喬。

他總是這麼窩心，趙子喬非常喜歡他。

「你才漂亮呢，一樣是熬夜工作，爲什麼你的皮膚這麼好？」看著胤民吹彈可破的皮膚，趙子喬眞心發問。

「哎呀，天生麗質，當然也靠點醫美啦。」胤民滿足地笑道。

「妳跑這麼遠來吃宵夜？」楚煜函將化妝行李箱放好，站著問她。

「是啊，想念這裡的清粥小菜。」她扯了扯嘴角，硬拉出一個弧度。

「我們以前好像滿常來吃的。」楚煜函說。

「是啊，交往的時候，看完午夜場電影就會來。」趙子喬回應。沒想到楚煜函還記得。

「天啊，所以我現在是電燈泡嗎？來到你們曾經約會的現場？」胤民拔高聲，還搭配誇張的手勢，像在演什麼戲一樣。

「你很無聊。」趙子喬笑罵，楚煜函也在笑。

是啊，他們結婚前的約會，有時候依依不捨，就會來清粥小菜這裡，想在一起待久一點。

曾幾何時，他們兩個再也不會來這裡了呢？

要是肚子餓了，就買個簡單的宵夜，或是各自吃著泡麵。生活久了，真的就變成了生活。

「都沒生小孩就說和老公之間只剩下生活，那生了還得了？」

一個聲音忽地衝進她腦中，趙子喬先是一愣，隨即一笑。

「怎麼了？」楚煜函發現了她表情的變化。

「沒什麼，想到好笑的事情而已。」趙子喬擺擺手，「你們快點去夾菜呀。」

「對啊對啊，走吧。」胤民站起來，推著楚煜函的背往餐臺走去。

看著楚煜函的背影，高大挺拔，黑色的衣服襯托了他的好身材，低頭沉思的模樣，直到現在看到都還會令她有些心動，而當他抬頭微笑，便像是溫暖的大狗般，讓人想疼惜。

這樣一個男人，會不會也有其他女人想要？

這樣一個男人，曾說過愛著自己的男人，有一天會不會也想要其他女人？

手機傳來震動，她看了一下時間，凌晨一點半，這時候會是誰？

「妳睡了嗎？」

「沒有，我在吃清粥小菜。」她快速回應。

「哇，不怕胖？這麼晚還吃宵夜。」

「我又不像某人需要管理身材。」

「眞過分。」對方貼了個哭哭的貼圖，「跟誰吃？」

「我老公，和他的朋友。」

「眞甜蜜啊。」對方這句話看起來只是客套，「我週末要辦個派對，妳要不要來參加？」

不要……她正想這麼回應時，忽然想到週末楚煜函也有工作。

眞的是工作嗎？

她原先那天打算跟蹤楚煜函，確認他是不是眞的去工作。

但她其實必須趕稿，要是以往的她，會趁這個機會好好寫稿，兩個人各自忙各自的。可因爲她看過那該死的訊息，才產生了這種不信任感，想再找更多證據，確認楚煜函沒有亂來。

那如果眞的亂來了呢？

一想到這點，她的胸口彷彿有個巨大的空洞，心臟懸吊著劇烈跳動，可她卻感受不到生命力，只感覺到冰冷的手腳與發麻的頭皮。

「我要趕稿。」

「又是趕稿，我很久沒見妳了，很想妳，妳都只陪老公不陪我。」對方傳來生氣的貼圖。

「眞是要死了，你裝這麼多食物，不怕明天水腫喔？」胤民和楚煜函端著托盤回到座位，而趙子喬則關掉了手機螢幕。

「也太多了吧。」她看到楚煜函盤中端滿了菜，其中好幾樣還是自己愛吃的。

「我看妳好像都沒拿這些菜，所以就一起幫妳端來了。」

趙子喬苦笑了下。因爲時間緊急所以她隨便亂拿，沒想到楚煜函細心地注意到殘餘的食物不是她平常會吃的。

「謝謝，本來今天想換換口味的。」她拿起筷子夾起水蓮，順便看了下桌面上的剩餘食物，居然還有盤豆干。雖然她平常不挑食，但小菜通常不會選擇豆干，都是別人拿了她才會吃。

但楚煜函會腦補認爲她會拿豆干，是代表她很慌張急亂，進而猜測她跟監到電視臺嗎？

應該不可能吧？只有女生才會腦補到這麼誇張。

「你們夫妻眞的很甜蜜。」胤民在一旁看得很羨慕，「要是我哪天可以結婚，也希望我男友能這麼體貼。」

「拜託，現在同婚都合法了，你當然可以結婚。」楚煜函吐槽。

「對呀，是你還不想放棄花花世界吧。」趙子喬補充。

「也不是這樣啊，我是想要結婚的。」胤民嘆氣，「只是我男友一點也沒有想結婚的意思。」

「是不想結婚，還是不想跟你結婚？」楚煜函壞心地問。

「誰知道呢？」胤民聳肩，「反正呀，我會找機會逼婚，要是沒有下文，我也就放手了。」

「不結婚也沒關係吧，你和男友不是相處得很好嗎？」

「如果這麼說的話，那你們爲什麼要結婚呢？」胤民反問，「難道子喬妳現在後悔結婚了嗎？」

這句話胤民只是調侃，但是趙子喬卻愣住了。

這一愣，愣得明顯，讓胤民與楚煜函也停頓了下。

「因爲想要每天起床都能見到面，也想要每天一起入睡，所以我才會求婚。」楚煜函立刻接話。

胤民馬上把握機會搭話：「哎呀，這也太令人羨慕了。」

「我沒有後悔結婚，當初也是想跟楚煜函一起生活一輩子才選擇結婚。」趙子喬終於開口，眞誠地回答。

聽到趙子喬的回應，胤民終於鬆了一口氣，「嚇死我了！還以爲你們婚姻出了什麼問題我沒發現，結果問錯話了！拜託，妳以後可不可以回答得快一點？」

「抱歉，只是驚訝怎麼會這樣問而已。」趙子喬露出笑容，但胤民的話讓她無法否認。

他們的婚姻出了問題。

只是什麼問題，她眞的不知道。

「不過我好像沒聽過你們的戀愛故事，要不要趁這個機會告訴我？」胤民翹著小指拿起湯匙，舀了口湯送入口中。

趙子喬看了楚煜函一眼，他聳了聳肩，「是我一見鍾情主動追求的。」

「什麼？眞沒想到！」胤民大叫。「一見鍾情的原因是什麼？」

趙子喬有些尷尬，「你眞的要講？」

「當然啦。反正就是我們在朋友的聚會上認識，然後才發現我看過她的小說，你不知道子喬的氣場有多強嗎？後來我就開始追蹤她的粉專，看她的直播，逐漸被她那散發自信且勇於追求夢想的模樣給吸引。」楚煜函說得激動。

「聽起來就是變態的粉絲啊。」胤民搓著手臂說。

「我跟那些只看過書的讀者不同啊！我們有共同朋友，我們是朋友！」變態什麼的他才不承認呢。

「子喬，妳老實說，一開始不覺得楚煜函這樣很煩嗎？」

「也還好，畢竟……」趙子喬瞧了楚煜函一眼，「他長得滿帥的。」

「是不是？」楚煜函滿意地點點頭。

「況且我們最初認識是在朋友的聚會上，所以對我來說他不是讀者，而是朋友的朋友。」

「所以楚煜函也眞是走狗屎運啊！如果一開始是以讀者的方式認識，想必妳也會有戒心吧？」

「當然啦，對我來說讀者就永遠是讀者，不可能和他們發展戀情的。」趙子喬斬釘截鐵道。

「所以我一直說我是幸運兒啊。」楚煜函一邊張大嘴吃稀飯，一邊夾了菜往嘴裡塞。

「見到他現在這模樣，還會覺得帥嗎？」胤民問。

「當然還是帥了。」趙子喬大笑出聲。

「不過子喬真的很厲害啊，已經有好幾部小說影視化，我記得也有賣到日本對吧？太強了。」胤民稱讚。

「那已經是很久之前的事了，最近的銷量都不太好。」趙子喬很心虛。

「她現在有點低潮，但我覺得她還是很厲害，是她對自己要求太高了。」楚煜函補充。

「哎呀，眞是羨慕你們，要是我男友有楚煜函一半就好。他總是不稱讚我，好像我永遠比不上他一樣。的確，他是賺得很多啦，但我也是做著自己喜歡的工作，明明我以前也很有自信，可遇見他以後，就覺得自信都瓦解了……」胤民埋怨著，其他兩人也聽著他的煩惱。

他說自己以往很有自信且散發光芒，這讓她懷念起自己。

她在二十多歲的時候，的確覺得自己所向無敵，任何事情都發展得很順利，她喜歡什麼、討厭什麼都能大聲說出來，完全做自己也不用擔心外人的眼光。

她不怕失敗，也不怕別人不喜歡自己。她寫的每一個故事都受到歡迎，當時各家出版社都跟她邀稿，書店暢銷榜單上總是有她的名字。

更由於是本名的關係，一些過往不熟的朋友也前來祝賀，親戚們更是在聚會上捧她。

是呀！當時的狀況，她的確值得驕傲。

可是，她並不高傲也不自滿，因爲這一切都是她努力得來的。

她當然比一般人幸運擁有了機會，可是她懂得抓住機會，也懂得以退爲進。

更重要的是，在她還沒有擁有如此自信前，就先跟那個人重逢了……

或許是受到日本漫畫的影響，她十分喜愛日本文化，於是大學沒有懸念地選擇了日文系。

大學規定大一新生一定要住宿，由於一開始不同系的室友彼此都不熟悉，所以相敬如賓。她每天待在寢室的時間很長，時常聽著音樂畫漫畫。

某一天，一個室友經過她身後，隨口問了一句：「妳在畫漫畫嗎？」

「喔，對啊。」不知道爲什麼，她有點害羞。

「那我可以看嗎？」室友的外號叫烏沙，是日文的兔子諧音而來。

「嗯……但是我畫得沒有很好喔。」她尷尬萬分。

「不會啦！我很喜歡看漫畫，但是我完全沒有畫畫的天分。」烏沙開心地接過了趙子喬的漫畫，回到自己的位置坐著看。

在她閱讀的時候，趙子喬簡直坐立難安。這種感覺超級害羞又不好意思，眞是奇怪，明明以前時常把漫畫傳閱全校，甚至還有收租模式與開放留言，現在不過是讓室友一人看，爲什麼會這麼害羞？

爲了掩飾緊張的心情，她打開了網頁看起線上漫畫，那精美的線條以及引人入勝的劇情，對比自己的漫畫簡直就是天與地。

她忽然領悟到，以前單純就是把自己的作品給人看，像是一種成果發表，但如今她已經快要二十歲，是成年人了，好像應該端出更專業、更細緻的作品。

或許越是了解某個領域，就越是覺察自己的不足，所以才會覺得害羞吧。

「我看完了，很好看。」烏沙忽然轉過頭，把漫畫還給她。

「喔，謝謝。」趙子喬愣愣地回應，而烏沙則轉過頭繼續打電腦。

這種落差感又是什麼呢？

以前朋友們看完漫畫都會熱切地與她討論，就算是不熟的人借閱後也會寫上心得，可如今……雖然烏沙說好看，但是那種溫度差……唉。

趙子喬將漫畫收到抽屜。人隨著年紀增長，對於事物的喜怒哀樂也越來越不會表現在臉上。

或許烏沙是真的很喜歡，但是她的極至表現方式，就是一句「很好看」。

其實這句話就夠了，只是她不自覺想要更多一些。

還是別太貪心吧。

但同時趙子喬也發現一件事情，以前國、高中時代，大家上課太沉悶無聊，所以會偷看課外讀物，這時候她的漫畫就是一個很好的選擇，可是現在大學的課程多元又有趣，即便沉悶，大家也不太會選擇去看實體的課外讀物。

況且國高中比較是關係緊密的群體，一傳十、十傳百的能力很強，她毋須宣傳，就有源源不絕的同學跟她借閱漫畫。但是大學不同啊，每堂課的教室都不一樣，同學來來去去，有時候就連同班同學有誰都搞不太清楚。

在這種狀況之下，根本沒有人會跟她借漫畫，甚至連她有在畫畫都不知道。

雖然說創作這件事情是自己的興趣，但是說故事的前提是，必須要有觀眾呀！如果創作的故事能夠得到眾人的回饋，那就更有創作的動力了。

但是，冒然去和別人說「要不要看看我畫的漫畫？」也很奇怪，一個不小心還會被當作怪人。

在這樣莫名的思考之下，加上和室友們混熟後，與各系的同學有了一定程度的接觸，便時常在假日和朋友出去遊玩，住宿生活也多采多姿，夜遊、夜唱或是聊天到天亮，就這樣，她逐漸沒畫漫畫了，就連空白筆記本都沒有準備了。偶爾當她看著漫畫時，還會想起自己以前也畫過漫畫，但那彷彿夢境般久遠了。

升上大四後，她和烏沙依舊是室友，另外兩位室友則常常住在男友那邊，所以寢室通常只有她們兩人。

「唉，眞煩啊。」烏沙在寢室苦惱地發出長嘆。

「怎麼了？」正在玩線上遊戲的趙子喬問。

「我們系上有一堂選修課，這一次期中考試不考，但要我們交一篇五千字的小說。」烏沙抱怨。

「不考試不是很好嗎？」

「我寧願考試！我是考試派的啊，或是叫我寫什麼文言文也行，但我沒辦法寫小說，太難了啦！」

烏沙雖然念的是中文系，但她擅長的領域是文學那類。仔細一看，她桌上的書也都是文學小說或典故，更有一本翻爛的《古文觀止》。

「我是爲了加強不足的部分，才去選修現代小說課程，沒想到會叫我們交五千字作業，想也知道，是要讓我們去參加比賽！」

「比賽？」聽到這個關鍵字，趙子喬停下手上的動作，「你們系要辦比賽？」

「對啊，小說比賽。最近在舉辦五千字小說比賽，第一名有一萬塊獎金。雖然很吸引人，但是聽說參賽者不多，所以我們系上老師才會用大家交作業的方式，把那些拿去比賽吧。」烏沙埋怨著，但是趙子喬的心跳卻加快。

一個大膽的想法在她腦海成形，她想起了幾年前，自己曾經把漫畫的結局用小說的形式呈現，只爲了滿足當時喜歡的對象想看到結局的期盼。

那是她第一次寫小說，也是第一次發現自己原來會寫小說，可是到底好不好看她不知道，因爲唯一的讀者——霍易碩根本沒有告訴她感想。也有可能霍易碩根本就沒有看，雖然她不想這樣相信，畢竟霍易碩當時對於她的作品有很高的熱忱也是眞的。

她點開了霍易碩的MSN，留下了離線訊息：「當初的小說你看完了嗎？看完的話告訴我心得吧，因爲我想要參加學校的小說比賽，需要一點鼓勵。」

送出這段話後她輕吁口氣，許久未和霍易碩聯絡讓她有點緊張。隨著不再見面的時間拉長，好像會逐漸淡忘掉某個人或是某段回憶，然而，當要跟這個回憶中的人聯絡時，那時的緊張與靦腆又會再次回來，就好像自己並不是眞的遺忘了，只是把時間暫停在當下，在聯繫的瞬間又按下開始鍵一樣。

但霍易碩一直都沒有回應，本來想等到他的回覆再決定要不要參加比賽，可是比賽截止日迫在眉睫，趙子喬還是打開了WORD。

她不需要設定大綱，也不需要多餘的思考，一切就像是啓動開關一樣，她的手自然地在鍵盤上飛快運作。

故事如同煙火般忽然從她腦海中炸開，像電影一般放映著，她的手指只需要趕上她腦海中的畫面，也不需要多餘的華美詞藻，就像是在對話般寫得行雲流水。

她寫下了名爲《祕密》的故事，內容是雙胞胎姐妹同時喜歡上一個能將她們姐妹分清楚的男生，男生選擇了姐姐，妹妹退出祝福。後來，男生告訴妹妹他分辨她們姐妹的重要關鍵，就是笑容。某個風雨交加的夜晚，男生第一次搞錯了人，和妹妹共度了一夜，最後只能轉而和妹妹交往。結局是姐妹其一死亡了，活下來的是姐姐，但在最後卻露出了妹妹才會有的笑容。

五千字的故事，趙子喬只花了兩個晚上就寫完。

她重新看過一遍，挑出錯字，並修潤文句與bug，然後帶著五分自信與五分不安，把稿件寄到了比賽的指定信箱。

從她聽到有比賽到把稿件寄出去，只花了一個多禮拜，其中一半的時間都在等待霍易碩的回應。她的心跳得好快，內心波濤洶湧，無論能不能獲獎，光是能參加比賽她就非常高興了。

在等待比賽結果的某個週末，趙子喬回家與父母在客廳看電視吃水果時，意外看見霍易碩出現在電視上。

那是非常有名的飲料廣告，一群青春陽光的學生在草原上奔跑、騎腳踏車，一對男女因爲拿錯飲料而害羞曖昧，最後一起歡笑喝著飲料。

男主角就是霍易碩，他的面容既陌生又懷念，趙子喬發現自己曾經認識的那個霍易碩已經不在了，他現在已經到了自己抵達不了的地方。

好遠好遠。

她覺得寂寞，又很爲他高興。

回到房間打開電腦，登入了ＭＳＮ，卻意外跳出了霍易碩留下的訊息。

「對不起，我眞的太忙了，這麼晚回妳，希望比賽時間還沒過。小說在妳給我的那天就看完了，眞的非常好看！妳一定要參加比賽，我有預感，妳一定會得獎的！」

「我最近連用電腦的時間都沒有，所有時間都在睡覺，我現在也是用車子來接我的空檔快速開電腦回覆妳。」

「我眞的覺得妳很適合說故事，無論是畫漫畫還是寫小說，只要是妳覺得合適的媒介，怎麼樣都可以。」

「我此刻忽然有個直覺耶，以後我會不會有機會演到妳寫的故事？」

「車子來了，先這樣啦。」

這一連串的留言讓趙子喬感動萬分，同時也產生了絕佳的信心。雖然她的小說早就寄出去比賽了，但這時她感覺自己文思泉湧，心臟狂跳，身體顫抖著。

這種澎湃激動的心情她好像從來沒有過，內心彷彿湧現了許多情緒與想法，她快速打開了WORD，其實她根本不知道要寫什麼，但是當她的手一碰到鍵盤，瞬間就像有一部電影就在她腦海中播放，情節便在她移動的手指下一一寫出。

後來，她只要有空，就會窩在電腦前打那篇小說，也差不多在這個時候，比賽的結果公布了，她獲得了第二名。

她上臺領獎的時候，前五名清一色幾乎都是中文系，只有她一個日文系站在那顯得十分突兀，但也因此更堅定了她創作小說這件事。

於是，她點開了霍易碩的ＭＳＮ視窗，她上次留的那些離線訊息，霍易碩都沒有回應。

「我跟你說，我比賽得到第二名了。」

「拿了一筆獎金，下次有機會，我請你吃飯吧？」

她深吸一口氣，鼓起勇氣送出了最後那一句，不知道霍易碩會不會看見。

「早知道妳小說寫那麼好，就賄賂妳幫我寫那篇作業了！」烏沙在後頭忽然哀號出聲。

「會不會是因爲參加比賽的人很少，所以我才得到第二名？」

「哪是！最後我們班上的作業都拿去比賽啦，聽說總數將近一百。欸，我們全部都是中文系的，隨便寫寫也有一定程度的好嗎？」

「眞的假的？」

「假的，也是有寫很爛的，中文好又不代表一定會創作。」烏沙大笑，「所以妳眞的很厲害！」

「謝謝，我也沒有想到。」趙子喬思考了一下，從抽屜深處拿出了大一時畫的漫畫，這部漫畫甚至沒有結局，它唯一的結局已經寫成了小說，交給了霍易碩。

「妳記得以前看過我畫的漫畫嗎？」

「好像有，大一的時候。」

「妳那時候眞的覺得好看嗎？」

「好看啊。」

「如果好看的話，妳怎麼沒有跟我要後續？」趙子喬也是現在和烏沙熟悉了才敢問。

「嗯……老實說，雖然故事不錯，但是畫技還好，所以雖然有想看下去的欲望，但是好像沒看到也不會怎樣。」烏沙聳聳肩，「欸，妳要我老實說的，可不能生氣喔。」

「我才不會呢。那妳有看過我得名的小說嗎？」

「有啊，老師有在課堂上發下前三名的小說給我們參考。妳眞的很厲害，腦子裡怎麼想出那些情節的？」

「就這樣想出來的啊。」趙子喬傻笑，「那你們班上的評語怎麼樣？」

「故事創新、題材新穎，讓人一口氣讀完十分暢快。不過文筆較爲通俗，若是能精修潤飾一下會更好。」烏沙說，「但我覺得有時候有些故事就是要文筆通俗才行啊，詞句華美固然讓故事更有層次，但我覺得相比之下，故事更爲重要，一個好看的故事應該是要超越專業技巧，讓那些不懂的人也能深受感動才對。」

「哇，沒想到妳會說出這樣的話。」趙子喬愣了下，「我覺得好感動。」

「嘿嘿，我可是很會說中文的。」烏沙大笑，「最近看妳都在打字，是在寫小說嗎？」

「嗯……說了妳可不要笑我，我的確是在寫小說。」

「妳以後要當小說家啊？」烏沙很驚訝。

「也不是想當小說家，就喜歡說故事而已……其實我以前都畫漫畫啦，我只是喜歡說故事而已。」

「原來是這樣，但是當小說家不容易耶，也沒辦法靠寫作養活自己吧？連我們中文系也很少有人夢想當小說家。」烏沙搖頭，「我覺得寫作還是當興趣就好，偶而參加比賽，拿個獎金當零用錢。」

「嗯……我想也是。」趙子喬感覺被澆了桶冷水，雖然烏沙說的是現實，但聽完後心情卻變差了。

難道自己想聽見「哇，妳好棒！一定可以的」這種話嗎？都快要大學畢業了，還要抱著不切實際的夢想嗎？找個工作比較實在吧。

講故事這種事情，還是當作興趣就好。

於是，寫作變成了她的習慣，寫著寫著，不知不覺篇幅也越來越長。

很快地，她畢業了，而霍易碩再也沒有上過線。

她找了份服飾代理的企劃助理工作，雖然很忙碌，但都能準時下班，所以每天回家她總是習慣性地在WORD打上個兩千字左右，睡前則看看小說，生活平淡又充實。

某天，公司搶下了日本品牌的獨家代理，上層很重視這件事情，所以在挑選模特兒時格外用心。

她們找遍了臺灣所有符合條件的現任模特兒，最後與其中幾位簽約。到攝影棚拍攝服裝型錄時，身爲助理的趙子喬也得到現場幫忙，當她在盤點用具時，忽然一個聲音喊住她。

「趙子喬？」是帶點不確定的試探，趙子喬抬起頭，是一個纖瘦高䠷的漂亮模特兒，水汪汪的雙眼盯著她看，在眨眼後笑了起來。「眞的是妳耶。」

「咦？」她有認識這麼漂亮的女生嗎？她上下打量了一下，一個稚氣的面容浮現在她腦中，「天啊，妳是……虞又琳嗎？」

「對啊！沒想到會在這裡遇見妳！」虞又琳拍著手驚呼，「天啊，妳是工作人員嗎？」

「妳是模特兒？」她太驚訝了，但這的確很適合虞又琳，「妳好漂亮！」

「謝謝，我從小漂亮到大。」虞又琳撥了一下頭髮，「如此相逢眞是太巧了，我們一定要好好聊聊，工作結束有時間吧？」

「當然！」趙子喬用力點了點頭，此時服裝工作人員要模特兒集合，「妳快去忙吧。」

「好，等會見啦。」虞又琳頷首。

沒想到兩人會在這裡重逢。看著在鎂光燈下充滿自信、隨著每一次拍照快速擺出好幾種POSE的虞又琳，時而性感，時而可愛，百變的模樣讓她十分驚豔。

工作結束後，兩人相約到居酒屋，虞又琳臉上還有著因拍攝而上的濃妝，但她看起來神態自若，可見已經習慣了時常化濃妝的生活，但是她的皮膚還是跟水煮蛋一樣柔嫩。

「最重要的就是卸妝要卸乾淨，只要乾淨加上好好保溼，皮膚都不會有太大問題啦。」虞又琳邊說邊喝了口啤酒，「啊，當然還要有充足的睡眠跟適當運動，嗯，還有規律的飲食吧。」

「好多條件啊。」趙子喬笑著說，「所以妳是畢業就開始當模特兒嗎？」

「不是，我高中就開始慢慢接觸了，真的大量拍是大學時候，就延續到現在了。基本上都是當服裝模特兒，有時候會去走秀，或是去當髮型、彩妝比賽的模特兒。」虞又琳說完嘆口氣，「真的很累啊！有時候還會拍到半夜，我累到給人化妝化到一半就睡著，還曾經走秀時踩太高的高跟鞋，結果大跌倒，腳還扭到了。」

「哇，這麼辛苦，但妳還是堅持住了。」

「是啊，我才發現原來我眞的很喜歡這個行業，我以前從來沒有想過耶。要是別的工作，叫我加班加個五分鐘我絕對會翻臉，但這個行業哪有什麼固定的上班時間，但我卻樂此不疲，我才知道原來眞心熱愛一個工作是怎樣。」說完，虞又琳笑了下，「但前輩們都說，這就是靠熱忱在燃燒的，有一天熱忱燒完了，就什麼也沒有了。」

雖然虞又琳這樣說，但此刻的她看起來光彩奪目，十分耀眼。原來做著自己喜歡的事情，再累也會閃閃發光呢。

「好神奇，我們兩個以前明明沒有很熟，現在卻能聊這麼多，以前的我絕對想不到有這一天。」

「爲什麼？」虞又琳很驚訝。

「因爲妳是女生團體中發光的星星啊，我就是在一旁畫畫的邊緣人，跟妳完全不同團體。」

「拜託，妳超酷的好嗎？我以前覺得妳是高冷美女，而且還會畫畫，又畫得這麼好、這麼會講故事！我以前超級憧憬妳的！」

面對虞又琳突如其來的大力稱讚，讓趙子喬整個僵住。

她沒料到會聽到曾經以爲高不可攀的女神說出這樣的話。原來自己也曾經是他人憧憬的存在嗎？

「妳、妳不要說場面話啦。」

「哪是場面話！妳不知道妳其實很受男生歡迎嗎？許多男生都偷偷喜歡妳。而且妳還這麼有才華，會畫畫，重點是故事都非常好看。」虞又琳邊說邊拿出手機，一路往下滑，找出了一張照片，「在這，妳看。以前妳送給我的漫畫，我到現在都還小心珍藏，有時候會翻出來看。」

看著照片裡那熟悉的數學作業簿，上面寫著《初戀這件事》的字跡是如此青澀，甚至還簽了自己的名字。

「天啊，我沒想到妳到現在都還留著……」趙子喬幾乎哽咽。

「那當然啦，我當時就好喜歡好喜歡，才會不要臉地開口跟妳說要買，最後還讓妳把原稿這麼珍貴的東西送給我，我當然要珍惜。」虞又琳喝了口酒，「喂，妳這麼厲害，爲什麼現在沒有畫漫畫了？我可是一直都有在關注臺灣新生漫畫家有沒有妳的名字，甚至想說妳可能會取筆名，但是又沒看見熟悉的畫風。」

「……我後來寫了小說。」

「小說？」虞又琳差點把酒噴出來。

「嗯，因爲我發現，我就只是喜歡說故事，只要能說故事，無論是用畫面或文字呈現我都可以，而且比起畫畫，我好像對於文字更拿手。」

「妳這樣說好像也是，所以妳是中文系畢業的嗎？」

「不是，是日文系。」

「哈哈哈，天呀，日文系畢業，但是喜歡寫小說，現在在做服裝代理的企劃助理？妳眞的很跨領域。」虞又琳哈哈大笑，如此爽朗，也感染了趙子喬。

「那妳的小說現在在哪裡出版？」

「出版？沒有啦，我現在就是寫興趣的而已。」

「啊？寫興趣？所以沒有給別人看？」

「沒有啊，要怎麼給別人看？嘿，這是我寫的小說喔，妳要看嗎？這樣不是很奇怪嗎？從大一開始，我的漫畫就再也沒給別人看過了。」趙子喬扯了扯嘴角。

「拜託！當然要有觀眾！妳不會放到網路上嗎？或是拿去投稿啊！」

「欸？我寫的難登大雅之堂啦，就是一些小情小愛的故事，要投稿什麼啦。」

趙子喬緊張地喝了口啤酒。

她不是沒想過可以這樣做，但她缺乏自信。她不覺得自己的文字可以被專業編輯賞識，甚至出版。

喜歡寫是一回事，但商業出版又是另一回事了。

「趙子喬，妳要對自己有信心啊！」虞又琳認眞地說。

「妳這麼多年沒看過我的故事了，甚至也沒看過我的小說，怎麼能這麼簡單的叫我要有自信？」趙子喬微扯唇角。或許是因爲虞又琳現在很順遂，才會如此有自信，也能抱著樂觀的心態看待她吧。

就連看過自己作品的烏沙都對她說當興趣就好，怎麼眼前的虞又琳對自己這麼有信心呢？

「那還不簡單？光看妳以前的作品就知道妳的功力，就算現在沒有進步，至少也有以前的底子吧？」虞又琳歪著頭，說得理所當然。

「妳不知道還有退步這種事情嗎？」

「退步是完全停滯的人才會發生的。妳說妳漫畫畫到大一，之後開始改寫小說，一直到現在都還當作興趣在寫，那妳肯定經過大量的練習，功力進步不少啊！」虞又琳笑著朝她伸手，「讓我當妳的第一個小說讀者好嗎？」

趙子喬頓了下。她的第一個讀者，是霍易碩。

「不是第一個讀者了啦。」她笑了聲，「我大學參加過比賽，很多人都看過我的小說了。」

「哎呀，遲了一步。但也沒關係，讓我看看其他沒給別人看過的作品吧。」虞又琳撒嬌著，拿出手機與趙子喬交換了聯繫方式。

於是，回家後她把一些短篇小說，還有剛寫完的長篇小說傳給她看。她並沒有期待得到什麼回應，但短短三天，虞又琳便回了訊息——

「我拜託妳，聽我的話，拿去投稿吧。」

「妳一定會成功的。」

「因爲妳的故事太他媽的好看了！」

爲什麼她會成爲小說家？

不過是這些年來日積月累的稿件，在某個日常的下班時光，將這些創作寄給了一個老朋友看。

而因爲那位老朋友的幾句話給了她信心，並逼迫她去投稿，就有了後來大家所認識的小說家趙子喬。

「我的天啊，肚子有夠撐，我現在眞的不能再吃得這麼飽了。」胤民往後癱坐，試圖解開褲頭的皮帶。

「形象呢？」趙子喬笑著說。

「現在我男朋友又沒有在這邊，要什麼形象啊！而且我連續工作十六個小時，我現在最不需要的就是形象！」胤民吼著，浮誇的表情讓楚煜函與趙子喬都笑了。

「時間也差不多了，回家吧。」楚煜函拿出手機叫車，胤民聳了聳肩。

他們在清粥小菜餐廳前告別，雖然胤民抱怨著男友，但男友還是在這凌晨時分過來接他。

「再見啦——」胤民在副駕駛座上與他們道別，而駕駛座的男友也靦腆地與他們頷首。

「他總是喊著與男友有問題，但是明明就很相愛啊。」楚煜函感嘆。

「正是因爲還有愛才會抱怨，要是什麼抱怨都沒了，那才眞的無法挽回了。」

如今，她就有一點這種狀況。

但是她還是愛著楚煜函，也還在乎著，所以才會這樣跟蹤他。要是發現了呢？要是楚煜函眞的外遇了呢？她到底會怎麼樣，她也不知道。只是目前她眞的……一點都抱怨不出任何關於楚煜函的事情。

「那妳對我有抱怨嗎？」楚煜函笑著反問。

「嗯，沒什麼好抱怨的。」趙子喬也老實說。

「這樣是好還是壞呢？」楚煜函用肩膀推了她一下。

「誰知道呢？」趙子喬扯了嘴角一笑，低頭看著自己的娃娃鞋頭。

她明明稿子就很趕，明明就能待在家好好寫作，她明明也有足夠的經濟能力獨立，要是楚煜函眞的外遇並要離婚，她再愛也能夠成全離去。

她其實可以待在家裡等著楚煜函外遇的事情曝光，再提出離婚告訴獲得賠償。這些事情她理智上都知道，那又為什麼，她現在會站在這裡演著彆腳的戲，讓自己的稿件趕不上截止日，成了這可笑的模樣？

她抬頭，看著楚煜函的側臉。這個她深深愛著的男人，她無法想像有一天會與他分開。

「那你呢？」她反問。

「對妳的抱怨嗎？也沒有耶。」

「不是。」趙子喬一笑，「你後悔結婚嗎？」

「不會啊，娶到妳是我這輩子做的最對的決定。」楚煜函的眼神如此真摯，聲調如此懇切。

他沒有說謊。

或許男人就是一種能一邊心裡深愛著某個女人，又一邊與另一個女人談情說愛的生物。

她，是哪一邊的女人？

「欸，妳上次說楚煜函最近怪怪的，具體是什麼事情？」

虞又琳再次傳來訊息，但這則訊息趙子喬並沒有回應。

第四章

「為什麼不回我訊息？」

隔天，趙子喬在床上醒來時，先是看見裸著上身躺在一旁的楚煜函，而為了拿手機確認時間，又注意到虞又琳的訊息通知。

「沒什麼，大概是我太敏感了。」趙子喬飛快回應，又補上一句：「妳說的週末派對，我還是去參加好了，但我沒辦法待到最後，會提早走。」

「嗯？妳醒了……」楚煜函翻身，瞧見只套著薄紗的趙子喬，伸手攬住了她的腰，「早安啊……」

看著他蓬鬆的亂髮，還有那睡迷糊的愛睏表情，這個男人真的好令人憐愛，這是她選擇要走一輩子的對象。

「我先去泡咖啡？」

「嗯……好可惜妳月經來了，不然昨晚……說不定我們這次可以有小寶寶。」

楚煜函在她的腰際磨蹭著，趙子喬纖長的手指則輕梳著他的頭髮。

「是呀，小寶寶……聽說如果即將要有孩子，會夢見胎夢。」

「胎夢？好神奇啊，是怎樣的方式呢？」

「會有小男孩或是女孩過來吧，但也有人說會夢見那個生肖的動物，不過大多數有過胎夢的媽媽，都說夢見了就會知道那個夢不一樣。」

「好酷，女生真的都有這種第六感。」楚煜函很有興趣地聽著，「那妳有夢見什麼嗎？」

趙子喬無奈地搖頭。

「沒關係，我們總有一天會有自己的孩子。」楚煜函親吻她的臉頰，「我去泡咖啡吧。」

看著楚煜函結實的背部，趙子喬緊緊握住了自己的睡衣。即使兩人在一起這麼久了，每次見到楚煜函她都還是會覺得他很性感。

她真是瘋了。

她梳洗完畢來到客廳，聞到了咖啡香氣，楚煜函正好將一杯黑咖啡遞給她，

「妳今天要做什麼呢？」

「寫稿，稿子來不及了。」

「哈，這句話感覺很常聽妳說啊。」

「因為我交稿了以後又有新稿要寫，所以才會老是說重複的話。」她聳聳肩，輕啜一口咖啡，「要是沒有稿子寫，就沒有錢賺了。」

「哈哈哈，我知道，妳這麼忙碌是好事呀。妳寫了這麼多年，還能這麼受歡迎，很不簡單。」

趙子喬頓了頓。其實最近她的銷量下滑了，老讀者甚至說她的風格改變了。風格一定會改變，只是她的改變好像不是老讀者會接受的樣子。

「其實最近沒那麼好了，我感覺遇到了瓶頸。」她主動說了自己的窘境。

「是嗎？會不會只是錯覺？我去書店看見妳的書都還在暢銷榜區。」

「因為書市差，所以只賣一百本也可以變成暢銷小說。」她聳了聳肩道。

「哈哈，太誇張了。但書市差好像是必然的，現在的人有太多娛樂可以選擇了。」楚煜函喝了口咖啡，「我等等就要出門了，晚餐我買回來？」

「嗯。」趙子喬點了點頭，楚煜函在她的臉頰上親了下，便急匆匆進去房間盥洗。

隔行如隔山，他們雖然多少會分享彼此的工作內容，但是兩人都不懂對方的專業或是那個行業需要注意什麼，只會亂給意見，最後甚至弄得不太舒坦。

就像剛剛那樣，她其實只是想分享一下狀態，雖然楚煜函給了很足夠的正向回應，但說白了，就像是隨便用好聽的話敷衍妳一下。

說實話，楚煜函又能幫自己解決什麼呢？她其實也沒有想要人家幫忙解決，只是想稍微分享、抱怨一下罷了。

唉，就連自己要什麼，她都不知道了。

「那我出門了喔，晚一點我再問妳要吃什麼。」楚煜函換上了黑色的襯衫和長褲，提著化妝行李箱出門了。

帶著笑容跟他揮手再見後，她無力地坐到沙發上，享受著片刻的寧靜，然後打開了電視。

一個男人的臉部特寫出現在螢幕上，讓趙子喬嚇了一跳，黑白色調讓他看起來憂鬱又散發著成熟的男人味，他瞇起眼，拿起一旁的電動刮鬍刀滑過下巴，特寫他的輪廓與雙眼，最後是張乾淨又帥氣的面容。

這是霍易碩的電動刮鬍刀廣告，最近打得很凶，外面也都能看見大型海報。

她看著螢幕上的霍易碩，他們曾經如此靠近，如今已經是最熟悉的陌生人了，下次就算有機會再見面，也永遠不復昨日。

但是到哪都能看見成爲大明星的他，總是讓她有種恍如昨日的錯覺……

那是她和楚煜函剛結婚不久，他們決定搬到新竹，除了新竹的房價相比臺北還算低之外，楚煜函當時被新竹一間彩妝公司聘用，而她則毅然決然辭掉企劃助理的工作，在新竹找了新的工作。

雖然薪水不比企劃助理高，但至少上班時間毋須動腦，也完全不需要加班，這對於下班後還需要寫作的趙子喬來說很合適。

但虞又琳可不高興了，「吼！爲什麼你們要搬去新竹，住在臺北不好嗎？」

當他們決定離開臺北，最反對的就是虞又琳。

「奇怪了，新竹又沒多遠，妳想我們不會搭車來喔？」楚煜函一邊搖頭，一邊把行李放到後車廂。

「我又沒在跟你說話，我是捨不得子喬好嗎？」虞又琳皺眉，「妳現在是當紅作家，有這麼多活動，住在臺北比較方便吧？」

「現在網路視訊和高鐵也很方便，根本就是地球村好嗎？」楚煜函又在一旁潑冷水。

「我眞的沒在跟你說話，你可不可以閉嘴啊！」她又怪叫。

「好了啦，你們別吵了。」趙子喬抱住她，「楚煜函在新竹有很好的機會，所以我們才想說去新竹試試看。反正我在哪寫作都沒差，說不定之後還有機會回臺北住呢。」

「嗚嗚，爲什麼總是女人跟著男人跑啊？高鐵這麼方便，你不會每天搭高鐵上班喔。」虞又琳朝楚煜函抱怨。

「我們還想要生小孩啊，臺北的物價太高了，妳看，一樣的價格在新竹買到的坪數比臺北大太多了。」楚煜函搖頭，「所以妳就別吵了。」

「嗚嗚，我一定會常常去找妳的。」虞又琳再一次抱住她。

「妳自己也很忙，沒關係啦，只要我有來臺北就會去找妳的。」趙子喬說。

「對了，上次我訪問妳的那一集這禮拜會上架，妳已經看過了，都沒問題吧？」

「沒問題啊，期待妳上架，到時候我的小說又能再銷售一波。」趙子喬對虞又琳比了個讚，對方也回應兩個讚。

虞又琳的模特兒生涯在二十七歲時完全結束，但是在更早以前，虞又琳就曾說過模特兒的生命不會太久，因爲更年輕、更漂亮的女生總是源源不絕，所以她要選好退場時機，並利用當模特兒時積攢的人脈、經驗和粉絲，再創另一個事業。

所以她十分認眞地經營社群平臺，即使每天有上百封私訊，她也會認眞的一一回覆，直播功能一推出，她馬上嘗試。她時常回答粉絲關於模特兒的問題，最後甚至會拍一些影片上傳。

她是很懂得把握商機的女人，現在的她是影音創作家，經營自媒體，簡單來說就是網紅。

虞又琳目前的訂閱人數有五十萬，非常驚人。而她最近訪問了身爲小說家的她，並於這禮拜上架。

當時趙子喬十分擔心，她這麼小咖的人上她的節目好嗎？到時候被人瘋狂問「這個人是誰」不是很尷尬嗎？

但是虞又琳只要她別擔心，「妳眞的是……經歷了這麼多還這麼沒自信嗎？會看小說的人都知道妳，而不知道妳的人則越多越好，這樣就能推他們去看妳的作品啦！」

「妳總是能給我滿滿的自信。」趙子喬十分感動。

自從虞又琳逼迫她去投稿，大約一年後她就出版了第一本實體書，接著一路走到現在，從會被大咖擠掉檔期的小作者，成爲了一個常常出現在書店暢銷榜單上的名字。

如今，她的作品已經販售多國語文版權，也有改編成遊戲，最近甚至要翻拍成電影，男主角還是當紅藝人霍易碩。

「好啦，那我們就下次見了。」和虞又琳告別後，趙子喬上了車。

搬家公司已經在昨天將東西都送去新竹的家，而今天兩人則是載著其他小東西前往新竹。

「沒想到是那個霍易碩來演妳的電影，眞是太誇張了。」楚煜函仍是十分驚訝，「這時候眞的覺得，我老婆是個很厲害又很紅的小說家。」

趙子喬只扯出一個微笑，「我也沒想到會找他來演。」

「是嗎？我還以爲作者可以決定演員。」

「哪有可能呀！我連小說封面都沒有干涉呢。我們可以提出自己認爲最相像的人選，但最終決定權都是在製片方那邊，就連電影的改編我也沒有參與。」趙子喬聳肩。對她來說，已經出售的影視版權就是另一個故事了，是一個由她的小說爲基底，再去發展的全新故事，畢竟文字轉換成影視之間的距離很長，小說中不足的部分需要靠影視去補齊，而影視則會發揮小說中最重要的核心。

「那妳那時候有提霍易碩嗎？」

「沒有。」她回答得飛快。

「是唷，我覺得他很適合，粉絲很多，票房一定會很好。」楚煜函說得輕鬆，「那妳之後有機會見到他吧？」

「不知道，或許吧。」她其實也不確定。

她從來沒有想過，這麼多年後還有機會見到霍易碩。

更沒想到當時霍易碩的那句話會成眞——

「我此刻忽然有個直覺耶，以後我會不會有機會演到妳寫的故事？」

她認識霍易碩這件事情，她從來沒有告訴過任何人，就連以前班上的同學都不知道。

這件事情是她內心深處的祕密，就像一朵放在玻璃罐中的玫瑰，小心翼翼地珍藏著。

抵達新竹後，他們馬不停蹄地展開新生活，每天下班回家後就是整理行李，一點一滴把兩個人的家佈置起來。

目前兩人的事業與生活都一帆風順，相戀後結婚，還買到了相對便宜的房子，於是他們想趁勝追擊，在三十歲以前生下孩子。

「啊，今天得做。」原本在寫稿的趙子喬看了一下行事曆，注意到今晚是排卵日，她立刻放下手邊的事情，衝到臥室。

「不是要寫稿嗎？」躺在床上滑手機的楚煜函問。

「今天必須做。」趙子喬跳到床上，親吻著楚煜函。

「等等，這麼沒情調嗎？」楚煜函邊笑邊摸著她的腿。

「哎呀，當你提到要孩子的時候，難道還奢望我們以後的生活會多麼有情調嗎？」趙子喬輕笑，牙齒輕咬楚煜函的耳朵，「先生，我們往後的生活只剩下柴米油鹽醬醋茶，這麼無聊的生活你可以嗎？」

「天啊，太可怕了。」楚煜函攬住她的腰，一個翻身，將她扣倒在自己身下，「但只要身邊有妳，和妳過這樣無趣又平凡的日子，我可以。」

「我才不信呢！」趙子喬大笑著勾住他的脖子，親吻著他，「所以我得生個孩子，讓你永遠離不開我。」

「哇，原來大作家子喬是個會用孩子束縛男人的女人啊，太可怕了。」楚煜函邊說邊吻著她的脖子，逐漸游移下滑，來到她的唇。

「是啊，娶到了一個這輩子都脫離不了的女人，做好覺悟跟我過一輩子吧。」

「我心甘情願。」楚煜函笑著說，甜蜜無比。

事畢，趙子喬雙腳抬起靠在牆上，一邊看著手機。

進去浴室清理完畢的楚煜函走出來，「不用寫稿嗎？」

「當然要啊，但要是想快點懷孕，做完後抬腿會加速精子流動。」

「是偏方嗎？我怎麼記得這樣沒效啊？」

「哎呀，反正想要懷孕的話，就算是偏方也沒關係。況且抬腿也能讓血液回流，沒差啦。」話說到這，她手機跳出了虞又琳影片上架的通知，「欸欸，又琳的影片上架了！」

「那我來看看。」

他們各自點入了影片，觀看人數居然已經破千，當她自己的臉出現在影片裡，她忍不住驚呼：「天啊，我看起來好胖。」

「哪會啊？跟平常的妳一樣。」楚煜函笑著說，遭到趙子喬一掌伺候。

影片的長度不超過二十分鐘，訪談內容專業又帶點幽默，稍微介紹趙子喬小時候的興趣，還帶出了虞又琳和她的緣分。接著介紹這部作品的創作理念，以及內容要探討的核心，最後當然也是要推一下電影，說即將開拍，由霍易碩領銜主演。

當然，虞又琳也不知道霍易碩和她曾經的關係。

「訪談得很好耶。」楚煜函稱讚。

「下面的評價也不錯，我眞是太感動了。」趙子喬忍不住哽咽。

「哎呀，這麼愛哭的人怎麼寫小說啊？」

「就是因爲這麼愛哭，共感能力強才能寫小說啊。」她立刻反駁。

因爲演算法的關係，虞又琳的影片結束後，馬上跳出了霍易碩的相關影片。

這讓趙子喬嚇了好大一跳，手機直接掉到臉上，「好痛！」

「哈哈哈，打到臉了吧？妳抬腿也夠久了，再不寫稿就可以直接睡了。」楚煜函笑著伸手，揉了下趙子喬被手機打到的額頭。

「我要去寫了啦。」趙子喬捂著臉站起來，但差點因為腳麻而跪下。

來到書房後，她想了一下，還是搜尋了「霍易碩」三個字。

霍易碩自大學出道後，星途一路順遂，同時他也很愛惜羽毛，從來沒有傳出任何緋聞，這一點相當不可思議，許多網紅的分析影片都對霍易碩的性向有所懷疑。

根據許多不願意具名的演藝人員都表示，霍易碩那一雙電人的眼睛總是能勾走所有與他合作的人的心魂，和他合作很像是與他談了一場戀愛，但殺青了，夢也就醒了。

不過這些事情不需要網紅拍影片分析，觀眾也都能清楚感受到霍易碩的魅力。

「要是當時有機會跟他發展，最後想必也是分手收場吧？」趙子喬喃喃自語著，忽然一個故事靈感在她腦海中迸出，她趕緊打開另一個空白的WORD，以霍易碩當男主角雛形，打算寫一個演藝圈的故事。

為了能快點寫另外一個故事，趙子喬在這幾天全力衝刺，完結了手上正在書寫的作品，從頭到尾檢查後寄出，然後馬上又開始寫新的故事。

幾天後，虞又琳打了電話過來。

「喂，我要告訴妳一個天大的事情！」她的聲音興奮到微微顫抖。

「什麼事情？妳中樂透嗎？」趙子喬喝了口剛買的咖啡。

「差不多。」虞又琳深吸口氣，「我再來要訪問霍易碩。」

趙子喬差點將口中咖啡噴出來，「什、什麼？爲什麼？妳怎麼能訪問到他？」

「欸，這是什麼意思？我也不是小咖好嗎？我至少也有五十萬的訂閱數耶！」虞又琳怪叫。

「不是啦，我的意思是，難道是妳自己寄信給他問能不能合作嗎？怎麼可能！」

網紅和藝人雖然有點像，但還是不一樣，就像班級裡會有不同的團體一樣，兩個團體會交流但互不干涉，所以對於藝人會來網紅的節目這一點是非常稀奇的。

「我哪可能這麼不自量力啊！是他的經紀人主動聯繫我，說想要上我的訪談節目。」虞又琳沉下聲，「妳是不是有什麼事情沒告訴我？現在妳還來得及說喔。」

「什麼事情？」一時之間趙子喬還眞的想不起來。

「聽說妳跟霍易碩以前就認識了？天啊，妳爲什麼都沒講？」

趙子喬一愣，「霍易碩說的嗎？」

「當然是他經紀人說的，我哪可能和他直接通話啊！等等，若是我能和他直接通話，那我就死而無憾了！」虞又琳興奮地在電話那頭又叫又跳，「但是趙子喬，妳也太不夠意思了吧？以前不說就算了，但是妳都知道霍易碩要主演妳的小說改編的電影了，居然還不跟我說。」

「因爲說了感覺就……怪怪的啊。」

「一般人早就因爲以前和霍易碩是朋友而大肆宣揚了，妳的個性也不像是不說的人，除非以前有過曖昧，所以才不說的！」

「……」

「……等等，眞的假的？我只是開個玩笑。」虞又琳在電話那頭倒抽一口氣，「我的天啊！趙子喬，是那個霍易碩耶！我的天啊！」

「好了啦！那都是很久以前的事了，況且說不定只有我覺得氣氛怪怪的，霍易碩當時一點感覺也沒有啊。」

「拜託！我敢肯定霍易碩當時對妳一定也有想法，不然就不會主動說要來我的節目了。他的經紀人說，是霍易碩看見我跟妳的訪談，才想來我的節目，最重要的是，他聽見我們以前是國中同學才信任我，然後……欸，他跟我要妳的聯絡方式耶。」

這下換趙子喬倒抽一口氣，「他有我的MSN啊，爲什麼還要跟妳要？」

「小姐，MSN都停止服務多久了，妳還在那邊MSN，現在講MSN很老好嗎！」虞又琳吐槽。

「不是啦，我的MSN帳號跟信箱和LINE都是一樣的，他其實應該可以找到我。」

「吼，誰會記得別人的帳號啦！」虞又琳好氣又好笑，「總之，我把妳的LINE ID給他了。」

「傻眼！我結婚了耶。」

「我才傻眼。小姐，老朋友聯絡一下跟結婚有什麼關係？曖昧都多久以前的事了，況且你們再來還要合作拍戲，這樣還好吧！」

「基本上我們不是合作拍戲，我只會去探班一次，小說作者和電影其實關係不會太緊密……」

「好好好，我沒有要聽，總之就是妳注意一下陌生訊息吧。」虞又琳在電話那頭尖喊，然後就掛掉電話。

趙子喬趕緊傳了訊息過去：「我沒有告訴過任何人，所以妳嘴也閉緊，如果他有講出來，妳也記得要剪掉知道嗎？」

「知道啦，怕楚煜函知道會吃醋哟？」虞又琳也很快回應。

她看著這段話，思考著是不是該刪除，雖然她和楚煜函都很尊重彼此的私領域，不會隨意去看對方的手機，但有時候也會在對方响的同意下使用。

以防萬一，她還是把這兩段話刪除了。

接著，趙子喬去看了一下新增的好友名單，並沒有看見霍易碩的名字。她心跳得好快，要是霍易碩眞的跟自己聯絡了呢？但是聯絡了又怎樣呢？不就是兩個老朋友嗎？

她當然不可能跟霍易碩再有什麼，都是青春的過往了，可是當青春回首，還是會教人傻傻笑著懷念過去那份青澀的悸動。

一整天，她工作都心不在焉，隨時打開新增好友名單來確認霍易碩有沒有出現，一直到下班、到睡前、到隔天、到了後天，接著過了一個星期，霍易碩都沒有出現。

她忽然覺得自己很傻，人家是大明星，忙得很，說不定只是客套罷了，她便將這件事情拋至腦後了。

「嗨，子喬，妳現在方便講電話嗎？」視窗跳出了她的責任編輯——沈小小的訊息。

「可以喔！」趙子喬隨即拿起手機，離開辦公室來到小會議室關上門，而沈小小也正巧打來。

「不好意思，沒有打擾妳上班吧？」沈小小細柔的聲音在電話那頭響起。

「沒有沒有，請問怎麼了嗎？」趙子喬心跳得好快。每一次只要編輯在上班時間打電話來，通常就是有好消息，所以她十分期待。

「實在是非常突然，但妳也知道，妳那本《光消失的時間》不是由霍易碩主演嗎？今天他們那邊提到忽然有個空檔，霍易碩想見見作者本人，聽聽看作者對小說的概念。」

她倒抽一口氣，「但、但是之前不是跟電影方開過會了嗎？霍易碩會接演，應該就是因爲劇本都完成了不是嗎？」這樣子還需要跟她開什麼會呢？

「是沒錯，但他說對角色有些不明白的地方想問問原著，他怕理解錯誤，到時引起讀者反感。」沈小小有些爲難但帶著興奮，「其實這種事情我們是完全可以幫妳推掉的，我也覺得他這個理由有點奇怪，我猜想他會不會是妳的書迷所以想見妳……最重要的是，他是霍易碩耶，全民男神霍易碩，所以我才說先問問妳。」

「嗯……什麼時候呢？」她握緊電話，覺得口乾舌燥。

「今天晚上，在我們出版社。因爲他們也是臨時有空，聽說下禮拜就要開拍了。」

「今天……」趙子喬完全沒有準備好要跟霍易碩重逢，是說他明明就有自己的LINE ID，怎麼不就自己問她呢……雖然她大概會拒絕就是了。

「畢竟妳現在住在新竹，如果沒辦法的話，我就拒絕他們，妳不要勉強。」

「我去。」趙子喬說。

「眞的？」

「我也希望戲能拍好，況且之後也會見面，先打好關係比較好。」沒錯，之後她也會去片場參觀並拍照發文，早晚都得見面的，與其在大庭廣眾下尷尬，不如先見面。

「那太好了，七點半妳來得及嗎？」

「我五點半下班，趕一下應該可以。」

「好，那我訂臺北車站附近的餐廳，這樣妳過來比較方便。」沈小小馬上計畫起來。

掛斷電話後，趙子喬覺得自己好像在坐雲霄飛車，她現在的心情仍在最高點，停滯在那尚未墜下，心仍懸吊在高處。

她傳了訊息給楚煜函，告知今晚臨時要去出版社。

「這麼突然？」

「對，因爲霍易碩忽然要來見我。」

「見妳？爲什麼？」

「可能是我的書迷吧。」趙子喬打趣地回應，「編輯說是對角色有些問題，想在開拍前找原著討論，以免偏離了小說導致讀者反感。」

「他眞是個認眞的演員。這樣晚餐我就自己解決囉。」

「嗯，我們會吃飽再回去。」

「好喔，加油。」

楚煜函的回應讓趙子喬有一點點小內疚。但是誰沒有過去呢？誰沒有遺憾呢？

她也不全然知道楚煜函的過去，他交過幾個女友、有過怎樣的人生體驗、初戀是怎麼樣的等等，她全都不知道，也沒有問過。

因爲她覺得每個人都有屬於自己的祕密花園，那是一個他人不需要探究的私領域，這也是一種尊重與信任。

所以，霍易碩也是她一個祕密，一個屬於她的過去。

即便霍易碩現在來到她眼前，也不會改變什麼。只是當與青春照面，會覺得自己好像又回到了青春年華，她只是想體驗一下現在已經體會不到的「青春」。

趙子喬提早來到餐廳，在外頭再次確認過自己的服裝儀容都沒問題，才踏進了餐廳。

沈小小已經坐在包廂裡，她看起來也比平常更精心打扮，趙子喬忍不住說：「難道是爲了要見霍易碩所以化了口紅？」

「唉唷，當紅男藝人耶，這種機會可是百年難得一遇。」沈小小眨了下眼，「妳不也精心打扮了嗎？」

「哪有？我平常就這樣。」趙子喬趕緊整理了一下瀏海。

「呵～」沈小小看破不說破。

在她眼裡，她大概跟她一樣，爲了即將見到的男明星而特意打理自己。

隨著時間即將來到七點，外頭走廊傳來了腳步聲，兩人屏息，但當那腳步聲最後停在其他包廂前，她們總會相視後露出笑容，覺得自己實在太緊張了。

「抱歉，我們來晚了。」一個短髮女人推開了門，「路上塞車。」

接著，她身後跟著進來一個戴著帽子與口罩的男人，趙子喬與沈小小都同時站起身。

「沒關係，下班時間這附近很塞的。」沈小小邊說邊介紹，「這位就是《光消失的時間》的作者，趙子喬。」

「子喬老師您好，我很喜歡妳那本書，看了哭到不行。」短髮女人過來與她握手，觸感冰涼，身上帶著香氣，「我是霍易碩的經紀人，大家都叫我阿元。這位就是霍易碩。」

男人把門關上，拿下了口罩與帽子。趙子喬嚥了口水，那個只存在於她記憶中、擁有十八歲面容的男人，在經過十多年後，彷彿穿越了時光般站在她面前，眼前這位三十歲的男人帶著屬於「藝人」霍易碩的表情。

「你們好，我是霍易碩。」他微笑，還偷看了趙子喬一眼。

「哇！第一次見到您本人，我是沈小小，是子喬老師的責任編輯。」

接著兩人交換名片，而趙子喬看著霍易碩，原本以爲他會主動說「好久不見」，或是提起他們兩個在高中就認識了，可是霍易碩似乎沒有想要提起的打算。

雖然不用隱瞞沈小小，畢竟虞又琳也透過經紀人阿元知道了，但如果可以的話，趙子喬還是想低調一些。

席間，他們一邊用餐一邊討論故事內容，還提到了女主角。不過這本書的重點在於男主角不斷在時光中穿越、最後死亡的故事，所以男主角的選角比女主角重要很多。

「關於男主角勝宇的選擇……」原先一直沒有說話的霍易碩，此刻忽然開口，瞬間大家都安靜下來，專心聽他說，「故事的最後他可以不用死，但是他選擇了死亡，從書上直觀看來是爲了拯救女主角，劇本也是這樣寫，但其實他是爲了自己吧？」

他看著趙子喬的眼睛，她圓睜了眼，覺得很不可思議。

「怎麼可能？就是爲了女主角啊，不然這樣就會變成女主角死掉了耶。」阿元先是打槍，但沈小小露出了驚訝的表情。

「爲什麼會這樣想？」這是趙子喬在這場飯局第一次和霍易碩眼對上眼。霍易碩眼神柔和，露出了鬆軟的笑容，「就是一種感覺。」

「天啊，你很厲害！看出這個的讀者沒多少，當初跟製片開會我們也提過眞正的意涵，但是對於電影劇本要怎麼改編，我們都沒有意見，全權交給影視方他們去評估哪種好。」沈小小在驚訝過後說明。

「欸？眞的假的?!」阿元忽然叫了聲，「啊，我差點忘了，稍早他們有寄給我第二種劇本，我還沒有時間打開……」她邊說邊開啓了手機裡的資料，直接滑到最後一幕，接著瞪大了眼，「耶……眞的，這是第二種版本的結局，這邊眞的講明男主角選擇死亡是爲了自己。」

「所以他們寫了兩種版本？」沈小小驚問。

「大概是要看到時候哪個版本比較合適當電影結局吧。」阿元說，「我看了好幾遍都沒發現，易碩，你怎麼發現的？」

「因爲我看了一百多遍。」霍易碩很是驕傲。

「眞是不可思議啊，說到那個結局……」沈小小和阿元熱切討論起來。

霍易碩看了趙子喬一眼，用她才聽得到的音量說：「也因爲我很熟悉作者的風格。」

趙子喬心跳劇烈，在那一瞬，她好像回到了那個午後，還有那個圖書館。

在飯局結束之際，沈小小和阿元兩人因爲搶著結帳，結果都離開了包廂，只剩下他們兩個。

「好久不見，學長。」趙子喬率先開口。

「妳還記得我啊？」霍易碩驚訝地問。

「那不是廢話嗎？我才訝異你還記得我。」

「那不是廢話嗎？」霍易碩學了她的口氣，接著從一旁的背包拿出一本熟悉的筆記本。

定睛一看，居然是她高中時送給霍易碩的那本。

它有著粉紅色爲底的封面，上頭是雛菊——當時她暗戀霍易碩，所以選擇了花語代表「深藏著愛意」的雛菊，封面這樣別有深意，用來寫人生第一本小說並送給霍易碩，對她來說別具意義。

「我沒想到你還留著。」趙子喬從沒想過這麼多年後，她還有機會見到當初那本小說。

她伸手撫摸，上頭還有著她青澀的簽名。

「我當然會留著，這是我的寶物。」霍易碩輕咳了聲，「我就知道有一天妳一定會成為作家，所以我一直都很關注……妳每一本小說我都有看，甚至連周邊、限量我也都有買……」

趙子喬打開了那本筆記本，那油性原子筆筆跡都已經暈開了，可是感覺得出被小心翼翼地珍惜著。她頓時熱淚盈眶，這一刻，她完全能感受到自己的作品被人如此珍惜呵護是什麼感覺。

「我剛進演藝圈的時候真的很辛苦，每次都是靠這個故事撐過去的。之後妳開始出書，本本都是我的精神糧食，我真的非常非常喜歡妳創作的所有作品。」他說得真摯，那湛亮的雙眼倒映著她的面容。

「天啊，學長，我真的沒有想到……」趙子喬捂住了嘴，趕緊抽了張衛生紙擦淚，「吼唷，你幹麼害我哭啦！」

「哈哈，我才沒有呢。」霍易碩歪著頭問：「對了，妳大學後來有參加小說比賽嗎？」

「你居然還記得。」趙子喬感到不可思議，「有啊，還得名了。」

「嗯，我本來就相信妳做得到。可惜我當時沒辦法看到那篇作品，飲恨！」

「既然你這麼在乎我比賽的事情，那爲什麼都不上ＭＳＮ？」

「我眞的不是故意的。我後來每天都忙到跟狗一樣累，眼睛閉起來就是睡覺，眼睛睜開就是訓練或工作，我當時常常邊睡邊吃。有天我回家才發現，電腦居然被我爸媽拿去丟了，換了一臺全新的，我根本不記得ＭＳＮ的帳號和密碼，就算按忘記密碼也不知道發生什麼事情，最後就……」

趙子喬瞇起眼，「這是藉口嗎？」

「不是藉口，肺腑之言啊！」霍易碩辯駁，讓趙子喬笑了起來。

「學長，你好像一點都沒變。」

「我已經三十歲了，不確定這句話是褒還是貶。難道是在說我幼稚嗎？」

「當然是褒啦，保持純眞是很難的，尤其在演藝圈。」她歪頭，「還是此刻的學長也是演出來的呢？」

這句話讓霍易碩一愣，見到他微僵的表情，趙子喬趕緊捂住了嘴，「我是不是說錯話了？」

「沒有，只是覺得……怎麼說？我看了妳的小說這麼多年，加上我們以前就認識了，或許在其他時候我確實會演『霍易碩』這個明星該有的模樣，但是在妳面前的霍易碩，就只是當時和妳一起在圖書館念書的那個學長。」他的眼神如此眞摯，直率得讓趙子喬彷彿瞬間回到那年的圖書館，還有當年的心情。

她趕緊避開他的視線，又聽見霍易碩說：「我從虞又琳那邊拿到妳的帳號，一直猶豫要不要加入，想說會不會很唐突、我會不會說錯話，又或是妳還記不記得我……最後我覺得，先跟妳見面再加入會更好。」

霍易碩的聲音有些乾啞，趙子喬則心臟狂跳，她低頭看著自己因爲緊張而握成拳的手，「我應該可以加入妳的ＬＩＮＥ吧？」

「當、當然可以啊。」趙子喬結巴著說。

「好。」接著就是霍易碩從口袋拿出手機的衣服摩擦聲，以及指甲快速輕觸在螢幕上的聲響，趙子喬正要拿出手機打開QR CODE讓他掃好友時，ＬＩＮＥ已經跳出了霍易碩傳來的貼圖。

「咦？你怎麼……」

「妳的ＩＤ我早就背下來了。」

這句話如同千鈞萬馬衝進她心中，心跳從悸動到劇烈，宛如小說才會發生的劇情。她有多久沒有這種悸動了？

「那個、那個……」她得告訴霍易碩，她結婚了。

她已經不是年少無知的少女，此刻的曖昧氛圍，以及霍易碩說的每一句話，即便不是真心，也絕非普通朋友該有的對話。

「就說了這一次我來付錢，是我們臨時找的呀！」阿元打開了包廂的門，嚇得趙子喬瞬間把要說出的話吞了回去。

「實在太客氣了啦。」沈小小不斷致謝。

就這樣，飯局在話沒說完的情況下結束了。

在他們分開的時候，霍易碩回頭看了趙子喬一眼，雖只有一瞥，但那眼神中的懷念、親切與珍惜展露無遺。

甚至，還帶有點曖昧。

她覺得這樣不太好，但又覺得不過是老朋友罷了。

可當她回到家，卻下意識地不太敢看楚煜函，總感覺有些負罪感。

「今天和霍易碩見面怎麼樣？本人眞的很帥嗎？」楚煜函在客廳喝著啤酒看著影集，隨口一問。

「喔，滿帥的，我覺得他一定可以把我的男主角詮釋得很好。」她走到楚煜函身邊抱緊了他，「但是啊，絕對沒有我老公帥的啦。」

「怎麼忽然撒嬌？該不會是做了什麼虧心事吧？」楚煜函開玩笑地說，卻讓趙子喬心跳加劇。

「才沒有，別亂說。」她起身走到廚房準備倒水，放在餐桌上的手機傳來震動，她抬眼一瞧，是霍易碩傳來訊息。

「其實這些年我一直很想妳，也很後悔以前沒有勇敢一點。」

她一驚，內心又喜又憂，在這瞬間她忽然有些想哭。多年前自己的暗戀並不是單向，當年的霍易碩不是只把自己當作學妹而已。

「是誰啊？」楚煜函問。

「喔，」趙子喬將訊息往右一滑，關閉了通知，「是又琳。」

第五章

這幾天，趙子喬靈感爆棚，打字手速飛快，進度達到她內心的標準，爲此，這個週末去參加虞又琳的派對就能稍微玩得盡興了。

她詢問楚煜函要不要一起去，楚煜函只是皺了眉頭，「那天我有工作，妳們幾點結束？」

「我也不知道。怎麼了？」

「如果時間剛好，或許我們可以一起回去。」

對於這樣的提議，趙子喬感到欣慰。自從看見楚煜函和羅允芝每天大量的聊天訊息後，她總是擔心會不會某天楚煜函就和羅允芝見面了？會不會某天楚煜函說要去工作的時候，其實是去找羅允芝？又或是當她和朋友聚會的時候，他也跑去找羅允芝見面？

因爲太多太多擔心、太多太多如果，導致她總是疑神疑鬼，讓她這也不敢去、那也不敢去，幾乎全天候都在擔心楚煜函，還在她能力範圍內跟監，她都覺得自己要發瘋了。

在這種精神壓力之下，她常常無法全心在寫作上，她是在折磨自己，有時候甚至會想，不如楚煜函快點出軌，給她一個痛快吧。

但假設他眞的出軌了呢？眞的被她抓到了呢？

「可以啊。」趙子喬心情複雜地回應。

「好啊，到時候再聯絡。」楚煜函看了一下手機，將咖啡喝完後放到洗碗槽裡，「我要出門了。」

他在跟誰聊天嗎？是有誰的訊息傳來嗎？楚煜函眞的是去工作嗎？要不要問問看胤民？但是胤民也不是每次都清楚楚煜函的行程，最重要的是，胤民是楚煜函的朋友，要是楚煜函眞的亂搞了，胤民一定也是幫楚煜函的吧？

「嗯，路上小心。」千言萬語，只化作這一句話。

她眞的受夠了折磨自己的心魔。她必須放空，或是做點什麼來趕走腦海中亂七八糟的聲音，於是她點開了串流平臺，再一次播放了電影《光消失的時間》。

「我永遠都會愛著妳，無論在哪個時空。」

霍易碩的臉出現在螢幕上，看著螢幕上的霍易碩，她不禁想，如果她當時選擇了另外一條路，現在的她會不會比較釋懷？

或者是，會覺得是自己的報應呢？

四年前，她與霍易碩再次聯繫上，未能在第一時間提及自己已經結婚的事情。之後她也找不到好時機提起，也或許是因爲她刻意不提起，有點像是要彌補過去落下的時光，這一次他們加入了彼此的LINE，與過往的MSN不同，沒有什麼上線、下線的問題，只要兩人有時間，就能隨時回應。

霍易碩依舊是個大忙人，但比起剛入行的菜鳥時光，現在的他更能安排自己的休息時間，至少每天一定有七小時的睡眠。

「這得歸功於阿元，她眞的是一個很強的經紀人，有時候我甚至覺得她就是我媽。」霍易碩回應訊息，「對了，我昨天發現這個很可愛。」

說完，她便收到了禮物通知，打開，是一組忙得昏天暗地的小說家貼圖。

「這也太適合我了吧！」趙子喬大笑，還一連貼了幾個「請問可以延後交稿嗎？」、「我交稿了！」、「沒有靈感」的貼圖過去。「你在哪裡找到的？」

「就剛好看到啦，哈哈，希望對妳來說很實用。」

「當然很實用，謝謝。」趙子喬回應，卻覺得好像不太好，可同時又無法抑制自己的心猿意馬。

「我可以偷問妳下本書什麼時候出版嗎？」

「大概下個月底吧。」

「太好了！我好期待。是什麼類型的書？」

「這一次我寫比較輕快的愛情喜劇，不知道你會不會喜歡？」

「只要是妳的作品我都喜歡，從來沒有一個作家的書讓我每本都愛的。」

「謝謝。」趙子喬笑得甜蜜，分不清到底是對於一個作者的稱讚讓她歡喜，還是因爲這句話令人別有遐想的關係。「不過說實話，當別人稱呼我爲作家的時候，我都覺得有點害羞。」

「爲什麼？妳不就是作家嗎？」

「『作家』我覺得屬於寫得比較深奧，像是傳記或是考古之類正經又嚴肅的作品，我是寫大眾小說的，應該要說『作者』會比較合適。」

「沒想到妳這麼謙虛。」

「也不是謙虛，或許是進入某個專業領域久了，就會發現自己有很多不足的地方吧。」

「我懂這種感覺，就像我入行十年了，依舊覺得自己像新人一樣還有很多要學習的地方。」

他們在不同的地方找到了共同點，趙子喬看著螢幕咬著大拇指的指甲，有種被人了解的欣然。

但這樣下去好嗎？

「妳現在可以講電話嗎？」

忽然，霍易碩傳來這樣的訊息，讓她的心漏跳了一拍。

「我在上班，沒辦法講電話。」她回應，有些惋惜，也有些慶幸。

「我以爲妳是全職作家……喔，全職作者！」

趙子喬笑了起來，「在臺灣很難當全職作家的。」

「但還是有不少人吧？」

「因爲大家知道的都是很有名的作者了，而大家不知道的還有更多、更多。」

「也是。就算是藝人，也有很多人沒通告時就會去找其他工作。」

他們又找到了一個共同點，這讓她覺得霍易碩比自己的老公還要好聊。

但同時她也明白，她跟霍易碩之所以能夠這麼聊得來，是因爲他們都不了解彼此現在的生活。他們毋須爲彼此眞實的人生負責，只需要聊些風花雪月、煩惱愛好，這樣當然比每天都在身邊的伴侶好聊。

況且他們也不僅僅是「認識的朋友」如此簡單的關係，想當然耳，聊起天來會帶著一層過往的遺憾面紗，當然會美得像幅畫。

專門描寫遺憾並發展成美麗愛情，讓讀者產生共鳴，進而支持男女主角戀情，正是她的專長，所以她明白自己此刻正陷入怎樣的局面。

的確沒聊什麼，除了那天的話語，沒有任何曖昧。

但是在這網路成爲日常的現代，每天聊天很容易產生「彼此最接近」的錯覺，以爲看著對方的社群就成了對方的朋友，以爲每天聊天就有了感情。

這絕對不是必然，卻是危險事情發生的開端。

「我們今天的來賓是個超級大咖，我完全沒想到會訪問到這位大明星，難道是我要發達了嗎？」

虞又琳的新片上線，趙子喬正和楚煜函一起看首播，今天的來賓是霍易碩，雖然虞又琳並沒有提前公布，但是一些充滿暗示的限動讓不少人猜到。

「扯耶，觀看人數破一萬了，霍易碩也太紅了吧！」楚煜函吃著鹹酥雞，發出讚嘆。

「人家就當紅啊，希望這股人氣也可以帶到戲院。」趙子喬有些緊張，雖然再三和虞又琳確認過霍易碩沒亂說話，但帶著這種祕密和現任老公一起看著過往遺憾對象的影片，還是令她內心充滿罪惡感。

是說，她的罪惡感標準會不會太低了啊？明明只是聊天，什麼都沒有啊。

爲了不讓自己顯得好像很在意，趙子喬一邊看一邊使用手機回著別人訊息，但這反而有種欲蓋彌彰的怪異。

「妳平常看有關自己小說的一切消息不是都很認眞嗎？怎麼今天這麼分心？」

楚煜函當然也注意到了。

「喔，因爲有工作的訊息，我想說先回覆。」趙子喬解釋。

「大家好，我是霍易碩。其實是我們主動聯繫又琳，想要上她的節目。」

帥氣又開朗的霍易碩出現在螢幕上，趙子喬的心瞬間揪緊了下，與此同時，霍易碩的訊息也傳了過來。

「妳有在看虞又琳的首播嗎？」原本隱藏起來的霍易碩聊天視窗跑了出來，這讓趙子喬的心臟差點跳出口，楚煜函就坐在自己旁邊！

她立刻跳出ＬＩＮＥ的ＡＰＰ，並關閉螢幕。

「我眞的超級訝異，可以說說爲什麼想來上我的節目嗎？難道你是我的粉絲？開玩笑的，各位霍嫂不要生氣。」

虞又琳輕快又大方的態度讓留言區熱鬧無比。

「抱歉，我很少看妳的節目。」霍易碩有些不好意思。

「啊，被打槍，好慘。」虞又琳假哭。

「主要是我最近接演了《光消失的時間》這部小說改編的電影男主角，所以當我看見妳上個禮拜採訪了原著作者子喬，讓我興起了也想上這檔節目的念頭。」霍易碩看著螢幕說。

「我記得雜誌去你家採訪的時候，曾經拍到書房有一整面的書櫃，你是一個非常愛看書的人對吧？但你這麼忙，怎麼有時間看書呢？」

「看書對我來說是休息、消除壓力的一種方式，所以我每天一定都會看書，就算只有一頁我也會看。」霍易碩笑了起來，「我其實一直是子喬的忠實讀者，所以能接拍她小說改編的電影，我眞的非常高興。」

「天啊，沒想到大明星霍易碩也是某個人的粉絲。」

「在我變成藝人以前，也是個普通人啊。」

「不不不，你一點也不普通。既然愛看書的大明星都極力推薦子喬的書了，那我也得趁機幫我的好姐妹推廣一下，要是你正處於想看書卻不知道看什麼書的階段，請選擇子喬的書就對了。」

「哇，沒想到霍易碩眞的是妳的書迷，妳之前亂講的居然成眞。」楚煜函很是驚訝，對趙子喬有些刮目相看。

「我的書迷可是遍佈很廣的呢。」趙子喬用玩笑話掩飾自己澎湃的內心，霍易碩的影響力這麼強，可想而知會爲她帶來多大的廣告效益，這讓她很感動，也有點擔心。「但是我好怕有人抱著過高的期望去看，結果卻覺得很普通，那該怎麼辦？」

「反正有人喜歡就會有人討厭啊，妳寫作這麼多年了，遇到的黑粉也不少，妳不是一直都很隨遇而安嗎？」

「是沒錯，但還是會擔心。」趙子喬聳肩。

「不過他們這麼大力推廣妳的書，看來要賣一波囉。」楚煜函邊說邊拿出手機，點進去虞又琳的頻道。

「你做什麼呀？」

「我要幫妳留言啊。」

說完，電視螢幕上就跳出楚煜函ＹＴ帳號的留言——

「子喬的書也是我必看的，目前都看完了，拜託大神快出新書。」

趙子喬有些感動，但還是忍不住揶揄：「你已經很久沒看我的小說了好嗎？」

「哈哈，當初也是爲了要追妳才看妳的書啊，我本來就不太看小說。」

對楚煜函這一波操作趙子喬還是很感動，所以認爲自己還是要跟霍易碩說清楚比較好。

雖然聊天確實無傷大雅，但已婚身分的她必須懂得避嫌。

當天晚上，趁楚煜函洗澡的時候，她回應了霍易碩：

「我有看到，謝謝你大力推廣我的小說，我好感動。」

「但是我也有點擔心其他人滿懷期待來看我的作品，發現不過是小情小愛的故事時，會不會很失望？」

霍易碩馬上已讀，「或許有，但我覺得沒有的機率更大，因爲妳的小說眞的很好看。」

「嚇我一跳，大明星不是很忙嗎？怎麼回這麼快？」

「又琳一直說我是大明星，讓我好尷尬。」

「在我們眼中你眞的就是大明星啊！」

「那在我眼中妳也眞的就是大作家啊，更正，大作者。」

趙子喬回了個大笑的貼圖，接著，霍易碩又傳來了一句話——

「下次有機會，我們兩個再一起吃個飯吧。」

趙子喬看著這句話停頓了許久，擱在螢幕上的拇指遲遲沒有動作。

她聽著浴室傳來嘩啦啦的水流聲，搭配著楚煜函哼著歌曲的嗓音，看向放在床頭櫃上的婚紗照。

她深吸一口氣，拇指在螢幕敲打了幾個字——

「我已經結婚了，你知道嗎？」

雖然看起來有點自視甚高的意味在，但總歸還是講出了那句話，因這不是自作多情的單向道，她得說清楚。

霍易碩已讀，卻久久才回應：「我知道。」

那天之後，他們雖然還是會聊天，但已經不是每天，也不是隨時回應，那種若有似無的曖昧感覺更是消失了。

趙子喬想說服自己，是說出口了、確認對方知道自己已婚後，拋掉了負罪感，才發現兩人之間本來就只是老朋友的談天說地罷了，可是他們都清楚的知道，那句話是畫清界線的意思，是若你有意，我們得停止的宣告。

時間過得很快，《光消失的時間》已快要殺青，片組告知作者可以探訪的時間，能與演員見個面、拍個照，這照片會放在片尾曲的幕後花絮，也能拿來發文曝光，是非常需要的照片。

於是，帶著些許不安，在沈小小的陪同之下，她們來到了片場。

雖然是穿越劇情，但有大量的場景都在校園，今天是補拍一些鏡頭來當備用，行程上比較寬鬆。

在製片的帶領下，與導演打過招呼後，隨著工作人員來到拍攝現場。現在正是休息時間，有些演員們閉目養神，有些則是看著劇本。

而趙子喬第一眼就看到霍易碩，他戴著耳機坐在一旁的椅子上，手裡拿著的是她的小說。並不是《光消失的時間》，而是她最新出版的作品。

「原著作者來囉！」工作人員朝片場大喊，其他演員紛紛朝趙子喬的方向看來，而霍易碩或許正在聽音樂，並沒有聽見工作人員的聲音，直到另一個演員拍了他的肩膀一下，他才抬頭朝這裡看來。

他的眼裡瞬間閃過驚喜與失落，最後掛上了「霍易碩」的面具，帶著笑容走了過來。

「這位就是原著作者，今天特意過來參觀。」

「你們好，謝謝你們願意拍攝這部作品，我非常期待看到成品。」趙子喬太過緊張，不知道說的話夠不夠得體。

「我們都超級喜歡這本書！我保證一定超好看。」女主角是最近新崛起的怪物新人，年紀很輕，卻有著天賦演技。

「是啊，我聽說導演哭了好幾次。」霍易碩也笑著說。

趙子喬很難維持臉上的微笑，因爲她知道，此刻眼前的霍易碩並不是她的學長，而是藝人霍易碩。

「我們方便在這邊拍幾張照片嗎？到時候會放在出版社以及子喬老師的粉絲專頁。」沈小小拿出手機。

「那當然。」霍易碩燦笑，自然地讓趙子喬站在正中央的位置，讓其他主要演員與她合照一張。

「謝謝你們，眞的辛苦你們了。」

不知道爲什麼，趙子喬有些想哭，她笑著想逃離這裡，但是霍易碩卻說話了——

「要不跟男女主角各別拍一張吧？」

「可以嗎？」沈小小眼睛亮了。她原本就有這樣的打算，但是不好意思開口，但男主角霍易碩都開口了，她當然要把握機會，「那就請站在邊吧，我要拍囉！」於是趙子喬和女主角合拍了一張照片，也和霍易碩合拍了一張。

當霍易碩站在她身邊，時間彷彿瞬間回到他們的高中時期。怎麼他們高中從來沒有合照過呢？怎麼再次相逢會是在結婚之後呢？

她當然很愛楚煜函，也不後悔結婚，更沒有要與霍易碩發展什麼，只是……只是很遺憾，只是不免會去想，要是現在她還沒有結婚，他們會怎麼樣呢？

「哎呀，妳們來啦！」阿元提著兩大袋飲料從一旁走過來，「霍易碩請大家喝飲料，快來拿！」

「去拿一杯吧。」霍易碩對趙子喬說。

「沒關係，我……」

「去吧，本來就有算妳跟編輯的份了。」霍易碩堅持，「順便幫我拿杯無糖綠茶。」

趙子喬笑了下，走過去拿了飲料，可是回到原本的地方卻不見霍易碩，只看見女主角一邊喝著珍珠奶茶一邊在看劇本。

「不好意思，請問霍易碩他……」趙子喬詢問，並搖晃了手中的飲料。

「他剛剛往教室後面走了，拍攝的空檔，他都會待在那邊休息。」女主角比向後方，趙子喬拿著飲料走了過去。

越走，她的心跳越快。這裡並不是他們的母校，但當她來到教室後門卻覺得非常熟悉。

霍易碩就坐在長椅邊，見趙子喬到來一點也不意外。

「不覺得這邊很像我們以前相遇的那個花園嗎？再過去就是圖書館。」

「真的，我剛剛就覺得好眼熟。」趙子喬走到他身邊，把飲料交給他。

「來到這裡，就感覺自己好像還是高中生。」霍易碩笑著比了比自己身上的制服，「我明明都三十歲了，還扮演高中生，怎麼樣，跟妳記憶中高中的我長得一樣嗎？」

「當然不一樣，當時的學長青澀多了，現在很有成熟的味道。」趙子喬笑道，但說實話，剛剛看見穿著制服的霍易碩，心頭還是有些小鹿亂撞。

「老了啊。」霍易碩將吸管插入封膜，「在拍這部戲的時候，我常常有種錯覺，有時候我一眨眼，會以爲又回到了高中，這時候我就特別想聯絡妳。」

他抬頭看著趙子喬，風吹動樹葉發出沙沙聲響，還有響起的鐘聲，讓趙子喬也有種回到高中的錯覺。

「我也很常……想到學長。」說完這句話，趙子喬哽咽了起來。

「妳喜歡現在的生活嗎？」

「喜歡。」趙子喬擦去眼淚。她做著喜歡的工作，還得到了不錯的成績，她有一個相愛的老公，她目前擁有的一切都很值得感恩。

「我也喜歡現在的生活。」霍易碩垂下眼，「所以我們都很喜歡自己的生活，那我們都很幸福。」

趙子喬點點頭，她忽然有點明白霍易碩要說什麼了。

「我想，這或許是我們最後一次見面了。」

「……」

「除非妳又有小說改編，我又剛好拿到男主角的角色。」霍易碩笑了下，「我們要愛惜羽毛，對吧？」

「……我現在很愛我先生，但過去我也很喜歡學長。」

「我過去也很喜歡妳喔。」霍易碩露出了笑容，「只可惜當時我們都太年輕了，以爲有無限的時間，卻在某個眨眼瞬間，才發現時間已經走了那麼久了。」

「我說過，我是妳的粉絲對吧？在粉專看見妳公布結婚喜訊時，我還以為在做夢呢。我明明有那麼多機會可以聯繫妳，但為什麼我總是覺得還有時間呢？」

「或許是因為……我們沒有緣分，又或者是學長其實沒那麼喜歡我吧。」趙子喬笑了下，想開點玩笑緩和感傷的氣氛。

「我倒是覺得相反，正是因為太喜歡才不知道該怎麼辦吧。」霍易碩凝望著她的眼睛，那不是虛假，眞情得像這輩子只會做一次告白。

「學長，謝謝你……」趙子喬垂下眼睛，不自覺流下了眼淚。

或許眞的就是這樣，太過年輕了，才不懂得把握一切。因為害怕失敗，才會把最重要的事情擺在最後再去完成，結果發現，那份契機早就流逝了。

「好，那就這樣了。」霍易碩站起身，「我其實也一直在想，到底該保持怎樣的距離，其實我很想靠近妳，但又覺得不該這樣。如果妳不說妳結婚了，可能我也會假裝不知道，但我一直認為妳一定會告訴我，妳的個性就是這樣。」

「但即便我不說，學長也會有天問起我先生吧？」

「是啊，沒錯，雖然想牽起斷掉的緣分，想彌補年輕時的遺憾，可是我想，我們都不會眞的那麼做的。」霍易碩看著她，露出了眞摯的微笑，雙眼帶著些微水光，「我永遠都是妳第一個、也是最忠實的讀者。當妳自我懷疑的時候，要記得，永遠有一個我會支持妳。」

趙子喬微愣。

「在妳還不相信自己的時候，我就已經相信妳會成功了。」

她再度流下了眼淚，想起了過往霍易碩的話語，要不是有他的鼓勵，要不是他說過的那些話，要不是他，或許她根本不會踏入寫作這領域。

「學長……謝謝你，這眞是全世界最好的鼓勵了。」

霍易碩給了她一個微笑，似乎想伸手擁抱她，但最後還是克制了下來。

他的大手拍了拍她的肩膀，給予無限祝福與鼓勵，從此退出了她的人生。

在前往虞又琳派對的計程車上，趙子喬看著ＬＩＮＥ裡霍易碩的大頭照。

他們都還有聯絡彼此的方式，但自從四年前在片場告別後，他們便沒有再聯繫，彷彿回到了尚未重逢前的時光，各自過著各自的人生，連問候都沒有。

人都有遺憾，也都會有想彌補的時候，她亦然，霍易碩就是她的祕密花園。

可是他們都踩剎車了，因爲人是會成長的，過去之所以美好是因爲永遠藏在過去，它不是現在。她和霍易碩都明白這個道理，所以他們沒有飛蛾撲火，沒有爲了彌補遺憾而走錯路。

或許，楚煜函現在只是在這個階段。

她得相信楚煜函最後的選擇會跟自己一樣，明白遺憾只是遺憾，明白現在才是一切。

當她看著楚煜函在訊息中不斷親暱喊著對方「學姐」，用著她從未見過的語氣和另一個女人傳訊息，她知道，這就是楚煜函的祕密花園。

只是這個等待的過程很不好受，同時也讓她痛苦萬分。

她甚至會想，如果當初她和霍易碩繼續發展，眞的跨過了那條線，那今天的她是不是就能對楚煜函的行爲釋懷？

是不是只要自己曾經犯錯，就能比較寬心去看待另一半的錯誤？

「小姐，我們到囉。」司機大哥將車停在飯店的迎賓大道上，飯店的禮賓接待員打開車門。

「謝謝。」趙子喬趕緊下車。

穿著一襲黑色貼身洋裝的她來到飯店大廳，看了一下手機裡虞又琳傳來的宴會廳訊息。

虞又琳舉辦派對的目的，是爲了慶祝工作室成立三週年，她邀請了許多好友以及與公司往來密切的廠商共襄盛舉。雖然請帖上很正經說是公司的週年慶，可成立公司的日子和虞又琳生日同一天，加上她所邀請的大多都是熟識的廠商，所以大家可以盡情跳舞喝酒，毋須拘謹，才稱呼爲派對。

本來，趙子喬是可以不來的。但她身爲虞又琳的好友，同時也上過幾次虞又琳的節目，於情於理出席會比較適當。

況且，現在的她眞的需要好好放鬆一下。

「天啊，趙子喬，妳也太美了吧！」穿著一身白色長禮服的虞又琳一見到趙子喬，便開心地跑過來親吻她的臉頰。

「我的天啊，這裡包場應該很貴吧？」趙子喬沒想到現場會佈置得這麼漂亮這麼華麗。

「拜託，工作室成立三週年加上我的生日，一定要盛大啊，誰知道有沒有下一個三年呀！」她一這麼說完，其他員工都大笑。

「不要亂講啦。」她苦笑一下。

「哈哈哈哈，開玩笑的，不過我當然也都有做好心理準備。」虞又琳說這些話的時候表情燦爛，彷彿什麼大風大雨她都可以安然度過。

此刻虞又琳臉上的表情讓她好懷念，因爲她也曾經如此自信，不害怕即將面對的各種障礙。

在她事業如魚得水，所出版的每本書都會大賣，每一個靈感都得到讀者的喜愛，每個月都必須交稿的時候，她當然也不畏懼任何風雨。

然而如今，她雖然還有名聲在，也還有買氣在，可她自己也知道，她大不如前了。彷彿所有作者終將有一天都會被貼上江郎才盡的標籤，每個曾經的傳奇都會成爲歷史，永遠青出於藍，更勝於藍。

「妳怎麼了？怎麼這個表情？」虞又琳敏銳地發現趙子喬的怪異。

「沒有，我只是……」

「難道楚煜函眞的怎樣了？」

「沒有啦，眞的沒有。只是有時候我搞不懂男生在想什麼。」

「這還不簡單，妳不會去問問霍易碩嗎？」

「我和他已經沒有聯絡了，不是跟妳說過好幾次了嗎？」

「我知道呀，但是妳身邊也沒有其他朋友，如果想知道男生在想什麼，我覺得問霍易碩是一個好選擇，他是藝人，見識廣，嘴巴也緊。」

但是霍易碩太危險了，她不能在懷疑楚煜函有問題的時候，和過去的遺憾……甚至在四年前又再一次成爲遺憾中的遺憾聯絡。

這一聯絡，就好像在暗示什麼一樣。

「我才不……」

「又琳，恭喜妳。」一個西裝筆挺的男人從後頭走來，手裡還捧著巨大的玫瑰花束。

「天啊！」虞又琳轉頭，一見到那男人與花便笑得燦爛無比，「沒想到你眞的來了。」

「那當然，我們什麼交情。」男人將花遞給她，然後看了一下四周的佈置，「看樣子賺了不少。」

「唉唷，那也要謝謝你的關照，未來也請多多指教。」虞又琳接過了花，並交給一旁的接待員。

「希望今年的報價可以低一點。」男人開玩笑地說。

「抱歉，報價只會高不會低。」虞又琳佯裝嚴肅，說完兩人都大笑起來，「對了，跟你介紹一下，這位是我的好姐妹同時也是知名暢銷作家，趙子喬。」

男人看過來，「喔，是《光消失的時間》的作者？」

「你知道我？」趙子喬有些訝異，因爲眼前的男人看起來並不會看愛情小說。

「我有看電影，覺得很好看便去翻閱了小說，沒想到能見到小說家本人。」

「眞的非常感謝你。」趙子喬由衷地感謝，這時她才仔細看了他的臉，男人有著一雙非常勾人的眼睛，微笑的側臉十分帥氣，五官立體分明，說他是藝人也不爲過。

「眞的很會說話，不愧是曾經的情場浪子，來者不拒、去者不追的王者！」虞又琳在一旁調侃。

「不要亂講，我現在可是新好男人。」男人笑著說，並從西裝內袋拿出名片遞給趙子喬，「我和虞又琳是大學聯誼認識的，出社會後持續孽緣，要是未來有機會的話，我們也可以合作。」

趙子喬看著名片，他是一家3C產品的業務經理。

「啊，這就是妳之前業配賣得嚇嚇叫的那個藍芽耳機，對吧？」趙子喬驚呼。

「對啊，我幫他創造了三百萬佳績，他居然只請我喝了一杯珍奶！」虞又琳翻個白眼。

「不是，妳抽成很高好嗎？」男人搖頭。

聽著兩人鬥嘴，趙子喬的心情也因爲這歡樂的氣氛輕鬆不少。

「啊，我去那邊打個招呼，你們先聊。」虞又琳說完就朝另一邊跑去。

趙子喬順著名片頭銜往下看，發現上頭的名字很是特別。

「韓衍。」她輕聲念著，沒想到被男人聽見了。

「妳念對了我的名字，果然是作者。」韓衍的話讓趙子喬一驚，因他不是稱呼作家，而是作者。「請多指教了，子喬。」

面對他那富有感染力的微笑，讓她也不自覺跟著微笑，「請多指教。」

「方便的話，我們能夠加個LINE嗎？」

「當然沒問題。」趙子喬打開了她的手機，把他加入了好友。

「謝了，要是有任何合作的機會，我會先LINE妳詢問意願，再發正式信函給妳。」

看著他不失禮數又誠懇的模樣，她臨時起意，忽然想問他一個問題。

「我想問你一個問題，請你不要覺得唐突。」

「請說。」

「要是你有一個煩惱沒有辦法對親朋好友說，但自己悶久了又會胡思亂想，你會怎麼做？」

面對趙子喬的問題，韓衍臉上閃過一絲訝異。

「那個，小說需要的，我想問問男人的意見。」趙子喬隨口說，這是一個很好的理由。

「原來如此。」也不知道韓衍有沒有相信，他摸了摸下巴說：「我覺得找個陌生人聊很OK喔。」

「陌生人？」

「嗯，例如跟妳的生活完全沒有交集的人，網路上的陌生人之類。」

「網路上的陌生人……這樣不會很不保險嗎？你完全不知道對方是什麼人。」

「就是不知道才好啊。妳不知道他是誰，同樣的，他也不知道妳是誰，所以妳更能傾訴煩惱，而且就算他講出去，也對妳不痛不癢，對吧？」

趙子喬從來沒想過這種可能，這不失為一個好方法。

「但是網路上能聊天的人……很有限吧？如果我沒辦法找到同樣經歷的人，對方能同理我的煩惱嗎？」就像高中生和已婚人士的煩惱不在同一個層次，兩方無法理解彼此。

「所以如果妳的煩惱是有主題的，或許可以找同溫層。」

「同溫層？」

「例如……我只是假設，假設妳的煩惱是外遇的話，那網路上有許多外遇或是被外遇的同好會，可以從裡面找到立場相同的人。」

對於韓衍提到「外遇」這兩個字，讓趙子喬驚了一下。難道她看起來就是煩惱外遇的模樣嗎？

「你說的該不會是臉書社團那種吧？那不就要顯示名字？」

「也有匿名的喔。」韓衍笑了笑，「或是如果妳不嫌棄，我們也算是陌生人，和我說也可以。」

「我們有可能會成為工作伙伴吧？」趙子喬也笑了。

「哈哈，也沒錯。」韓衍露出意味深長的笑容。

「怎麼了嗎？」趙子喬歪頭一笑。

「妳的主詞變成了自己，是妳自己的煩惱嗎？」

她一驚，自己居然不小心露餡了。

「當然不是，是我小說中的人物。」她當然矢口否認，韓衍也體貼地不戳破，「對了，你結婚了嗎？」

韓衍搖頭，「但我有同居女友。」

「原來是這樣啊。」趙子喬沉思了一下，「那我再爲角色問一個問題，假設你很愛女友的前提下卻外遇了，那理由你覺得是什麼？」

「外面的那位性吸引力很高吧。」韓衍雖說著輕浮的話，卻十分老實，「或者是，外面那位是曾經的遺憾吧。」

「你回答得很眞實。」趙子喬一笑。

「那當然。」韓衍瞇起眼，「這眞的是妳的角色問題嗎？」

「當然。」趙子喬也學著他瞇起眼，正巧服務生端著香檳從旁邊走過，她拿起了兩杯，其中一杯遞給了他，「乾杯。」

「乾杯。」

兩杯相碰，他們輕啜了口酒，相視而笑。

回到家後，她收到了韓衍寄來的網址，是他提過的外遇討論匿名網站。

但那天趙子喬有些醉意，沒有細看，簡短回覆了謝謝之後，便沉沉睡去。

第六章

偷看另一半的手機是個心魔，當妳看了ＬＩＮＥ沒問題，妳就會想看看別的社群，直到找出問題。

即便真的沒有問題，妳也還是會繼續看下去。若是偶而從其他訊息中發現伴侶跟朋友抱怨自己，那是不是又變成了另一種芥蒂？

她從前明明根本不在乎楚煜函會不會跟女生聊天，甚至也不會想看他的訊息，不會干涉他外出與誰見面。

趙子喬一直深信，給對方自由的空間，才是健康的關係。就如同楚煜函也不會干涉她的交友圈，當然偶而兩人彼此小吃飛醋，也是婚姻的調味劑。

但或許是因爲以前的她充滿自信，生活也充滿著挑戰，每每她的作品一推出就有雪片般飛來的心得感想，她還會每個禮拜固定直播、定期舉辦許多活動等。

那時候的她生活非常忙碌，就算剛結婚搬到新竹，也還是有許多事情可做。一直以來，她都不會擔心男朋友離開自己或是愛上別人，不是說她不愛對方，而是她認爲眞的要走的人毋須挽留，她只要顧好自己，在必要時刻做出正確的選擇就好。

她是從什麼時候開始失去信心的？

是《愛情悼念式》那本書慘遭滑鐵盧的時候？還是《華麗的謝幕曲》的電子書被人匿名謾罵時？又或是書市萎靡，她的版稅收入只有去年的三分之一時？

還是，當有讀者告訴她，「妳的文風改變了，現在比較不喜歡」的時候？

她是什麼時候不再每個禮拜直播了？是什麼時候開始沒有每條私訊、每則留言都回應？又是什麼時候開始，她沒辦法專心一致坐在電腦前，全心全意地投入故事之中？

剛結婚的前半年，她還有辦法大致保持婚前的一切習慣，但是婚姻是兩個家庭的結合，他們再怎麼自由自在，也有身爲媳婦與女婿的責任要擔。

有接觸，就會有摩擦，雖然兩人在這一塊還算溝通得宜，但多少還是會消耗心神；再來就是柴米油鹽醬醋茶這種瑣碎的日常，每日重複就是令人煩躁。

而後，因爲備孕屢屢失敗，讓她更加心煩意亂，感覺好像每一次親密接觸都是爲了要受孕。

明明寫過這麼多愛情故事，也理解婚姻之後是生活，但當眞的踏入婚姻才明白何謂現實生活。

可是，她沒有後悔結婚，她只是此刻人生中多了很多「一樣重要」的事情。

她睜開眼，看見的是客廳的天花板，才發現自己不知道何時在沙發上睡著了。

這樣的無謂煩惱讓她很是心煩。她很想一吐爲快，但又不知道向誰傾訴。她雖然認識不少人，但能聊如此私密事情的人不多，又琳幾乎是唯一選擇。可是她不能選擇又琳，因爲此刻的又琳正值運勢高漲且事事順利的階段，這時候的狀態無論看什麼事情都會樂觀無比，也都有能量與力氣去面對一切。

而她如今，最不需要的就是這樣的正能量。

她不想聽人家說「一切都會沒事的」或「有問題分開就好」這種話，這些她都知道，問題就是這階段她做不到，她需要的是與她感同身受的人，能與她站在同一戰線的人。

一想到這裡，她想起了昨天認識的韓衍。

韓衍提議可以跟他聊聊，說實在的她有點心動，畢竟韓衍也算是不相干的人。

但是考慮到韓衍是又琳的朋友，加上未來兩人還有機會合作，她還是忍住了與韓衍分享的衝動。

於是她點開了昨天韓衍給的連結，是個有些陽春的網頁，看起來像是論壇的介面，上頭則寫著「第一者之悲」。

她特意去查詢了一下，發現所謂的「第一者」便是被外遇的那個人，而「第二者」則是外遇的那個人，第三者就不需解釋了。

論壇裡並不算熱絡，但每天都有人發文與留言，不過數量都不會太多。這裡是完全匿名的空間，連IP都不會顯示，所有人都盡情在這裡吐苦水。

她很快地瀏覽發文，許多第一者發現了伴侶外遇都隱忍著裝作不知道，甚至有些已經攤牌了，但伴侶卻不以爲意，還把第三者帶回家。

許多文章令她看了皺眉，經歷比她嚴重且心痛的大有人在，可是她不是來比慘的，但若是不夠淒慘，就會被一排留言寫道：「你這樣還好了，哪像我○○XX的。」

沒想到就連在這裡都無法找到感同身受的人，每個人都認爲自己最慘，可是無論程度深淺，都是一種傷。

就在她準備離開這越看心情越差的網頁時，注意到一個標題寫著「後悔看了對方手機嗎？」，她立刻點了進去。

再選擇一次，或許我就不會偷看伴侶的手機。

但是如果不看，就不會知道自己被欺騙。

說到底是欺騙人的人不好，還是偷看的人不好？

她的心臟彷彿被狠狠撞擊了一下，都要懷疑這是不是自己打的文字了。

下方有許多留言表示認同，看起來很多人都是透過偷看伴侶手機而發現不對勁。

她想在下方留言，卻被要求要加入會員。

原來雖然可以匿名，但是還是得眞身註冊，思考了一下，她還是決定註冊，並留言：「最近也深受其擾，發現伴侶頻繁穩定地和同一位異性聊天，可又無法開門見山與伴侶攤牌，因爲我是偷看了他的手機。」

留言完畢，她又馬上發了一篇文，寫著她從ＩＧ發現伴侶的聊天訊息等始末，然後關閉了網頁。

還以為能找到同溫層好好聊聊，可在那裡只感受到負面的戾氣，待久了只會更加埋怨與自我懷疑。

她泡了杯咖啡，來到電腦桌前準備繼續寫小說，當她寫到女主角對於男友與前女友的關係曖昧時，她投射了自身的情況，瞬間靈機一動，將「羅允芝」寫成了前女友的名字。

雖說用這種方式有些公報私仇，但「允芝」這名字也不是太特別，只是加上了姓氏「羅」就不是巧合了。如果有一天，楚煜函翻閱了她的小說，就會發現自己知道羅允芝，也會明白自己隱忍了很久吧？

她嘴角勾起了一抹微笑。如此可悲，她竟得用這麼隱晦的方式來面對嗎？

況且，楚煜函在和她交往之後，就再也沒有看過她的作品了。

楚煜函的上下班時間不太固定，但在不固定中還是有規律，他也時常會支援百貨公司的活動，所以北中南都會跑點，有時候時間太晚就會在當地過夜，這點趙子喬也習慣了。

只是現在，她總是會胡思亂想：會不會今天是和別人見面呢？會不會說要工作其實是和別的女人過夜了？

「你是要到臺南出差對吧？」

趙子喬一邊喝著咖啡，一邊看著楚煜函收拾行李。

「是啊，我會帶土產回來。」楚煜函將一大袋化妝包放進去。

趙子喬想了下，「我跟你一起去吧。」

「啊？」他有些錯愕地抬起頭，「妳從來沒想過要跟我去，爲什麼這麼突然？」

楚煜函驚訝的表情讓趙子喬不自覺握緊了手中的馬克杯，她裝作若無其事喝了口咖啡。「以前我要上班啊，我現在又不用上班了，所以時間很自由。」

「但妳最近不是在趕稿嗎？」

「我哪個時候不趕稿了？要寫稿子才有收入啊，所以我當然會一直排稿。」趙子喬聳聳肩，「就像我問你哪個時候才不忙一樣，你不忙就表示沒有案子、沒有收入啊。」

「知道了，我只是問一下而已。」楚煜函聳肩，「可以啊，那這樣回程車票就要臨時多訂一張，可能會沒辦法坐一起喔。」

趙子喬輕輕抬起眉，既然他馬上就答應，那表示眞的沒有什麼吧？

「算了，不去了。」

「到底是怎樣？」楚煜函皺眉。

「我想起來週末有事情，所以你去吧。」

「子喬，妳最近是不是怪怪的？」

「怎樣怪怪的？」

「就是好像心情都不太好。」下一瞬，楚煜函豁然開朗，問：「難道是懷孕了？我聽人家說，懷孕的時候因爲賀爾蒙影響，脾氣會變不好。」

「我月經才剛結束。」她咬唇，「這週末我要去劉忠瑋那。」

「這週末妳有約診嗎？」

「沒有，只是最近比較累，想去給他針灸一下。」

「比較累？聽說感到疲累也是懷孕初期的症狀。」

「楚煜函，我沒有懷孕。」趙子喬的聲音有些顫抖，「如果這麼容易就懷孕的話，我幹麼做這些努力？」

「我、我又沒有什麼意思……」楚煜函被兇得有些莫名，但只是摸摸鼻子不做辯解。

他早在這些年的經驗裡明白，女人在氣頭上時，千萬別一起吵，否則只會更混亂。

趙子喬想說聲抱歉，因爲她自己的胡思亂想所以才遷怒，但隨即她又認爲不是遷怒，因爲就是楚煜函的言行讓她胡思亂想了不是嗎？可再次轉念，楚煜函也不過就是和女生聊天罷了，過往的她不也曾經和霍易碩幾乎天天聊天嗎？

不，才不一樣。她跟霍易碩都踩剎車了，斷聯得很快也很徹底，但楚煜函不是啊，那個女生也沒有退，他們都在穩定的前進中，這一定會出事的。

「我要燙襯衫，妳有要燙的衣服嗎？」

趙子喬搖頭，楚煜函便拿著衣服進去房間燙了。

她喝著咖啡，聽著楚煜函打開燙衣板的聲響，然後是炙熱的熨斗滑過衣板的聲音，接著她發現楚煜函的手機放在桌上，她瞥了眼房內的楚煜函，他正哼著歌一邊燙著衣服。

她走到手機邊，盯著他的手機螢幕看。

她並不知道楚煜函的密碼，一直以來他們都不會去看對方的手機，這是尊重彼此隱私的第一步。然而不知道密碼，她又爲什麼可以偷看他的手機？

那一天眞的只是剛好，眞的、眞的只是剛剛好。

那時楚煜函正在客廳滑手機，他的家人正好打了家用電話來，於是他自然地放下手機，從趙子喬的手中接過電話，邊說邊往書房走去，而趙子喬坐到沙發上看著電視，注意到他手機螢幕沒關，以往她都會幫他關閉，但那一天，眞的就只是一時興起看了一下。

主要是因爲楚煜函的螢幕停在ＩＧ的頁面上，她原本要關掉的，卻發現楚煜函停在奇怪的ＩＧ頁面。

明明上面的照片是楚煜函，卻不是楚煜函的ＩＧ帳號，可是這個頁面卻又是楚煜函的沒錯。

下一瞬，趙子喬忽然明白了，這是楚煜函的分身帳號。

她點了一下右下方的頭貼，果然跳出了楚煜函的本帳與此分身帳號。一般來說，會特意辦兩個帳號只有幾種可能：要分開工作與私人領域，只是開設假帳號來留言罵人，開一個帳號備用。

但是……她完全不知道這個帳號，這個帳號裡的照片幾乎只有楚煜函一個人。

或許是女人的第六感吧，她點入了右上角的訊息位置，赫然發現有幾個聊天的視窗。其他的視窗看起來都是廣告，時間也都是很久以前，唯獨一個最新的視窗，時間是昨天的下班時間。

她馬上點入那則視窗，看見的是密密麻麻的聊天訊息，兩個人幾乎是每個上班日都在聊天，什麼都聊，話語中帶著些許曖昧與哀愁。她看到楚煜函稱呼她爲學姐，也看到了楚煜函大力稱讚對方。

她點回了這個女生的ＩＧ頁面，女生發的照片並不多，大多也只是天空或一些風景、小物的文青照片，甚至連自拍照都沒有。

不過，至少她知道了她的名字——羅允芝。

那個瞬間，她的心跳加快，跳到她都能感受到自己的胸口正用力鼓動著，她呼吸變得急促，像喘息般快速換著氣，滑著螢幕的拇指顫抖，連瞳孔都在發顫。

「知道了啦，我問問看子喬……」楚煜函的聲音忽然傳來，她嚇得立刻滑掉整個ＩＧ並關掉螢幕，裝作沒事地看著電視。

「子喬，媽問這週末要不要一起吃飯，妳有空嗎？」楚煜函從走廊出現，她則點頭微笑。

她就只看過那一次，僅僅那一次，她就渾身不對勁。

她知道自己沒有多想，楚煜函辦了一個分身帳號去跟以前的學姐聊天。

她後來也用過自己的本帳去搜尋，但是找不到那個帳號，她甚至請虞又琳搜尋過，一樣沒有。這個分身帳號封鎖了她，還有她身邊的朋友，她猜想就連胤民也被封鎖了吧。

後來，她當然也去找了羅允芝的ＩＧ帳號，但帳號是鎖起來的，什麼也看不到。她也去找了臉書帳號，可是也找不到。

她當然可以用「趙子喬」的本尊帳號去追蹤她，那帳號可是有六萬粉絲追蹤的，一般人一定會加入的對吧？

但是她沒有，她不能。因爲，她是老婆、是正宮，她不需要降低自己的高度。

即便她真的非常在意，她也不能先這麼做。

沒錯，她就是看過了唯一那一次的訊息，知道了分身帳號的存在，就這樣煩惱到現在。

其實時間也沒有多長，從楚煜函和羅允芝聯絡上頂多快兩個月，而她不過知道了快一個月。但這種煎熬眞是度日如年，猜忌也讓她痛苦萬分。

她沒有跟虞又琳講得這麼細，她只說了看見楚煜函的訊息有奇怪的女人罷了，所以虞又琳才會覺得她想太多，因爲人都會有跟異性聊天的時候。

這也是爲什麼她一直無法把這件事跟霍易碩的事相提並論，因爲楚煜函的行爲無疑就是此地無銀三百兩啊。

楚煜函拿著衣服走到客廳，見到趙子喬站在餐桌邊，「怎麼了？」

「沒有，你手機剛剛好像有震動，所以過來看一下。」她說謊。

「是嗎？有誰敲我？」楚煜函走過來點開手機，「沒有啊。」

「欸，」趙子喬下意識開口，「你的手機借我看一下。」

「怎麼了？」楚煜函皺起眉。

「沒有，就借我用一下。」太過突然，她也想不到什麼理由。

她覺得自己緊張到講話都有點大舌頭，下唇也有點顫抖，但是她還是努力揚起笑，讓自己看起來自然些。

「喔。」楚煜函拿起手機，「拿去吧。」

沒料到他會如此輕易把手機給自己，趙子喬整個人傻愣在原地。

「怎麼了？不是要用手機嗎？」

「對……」趙子喬接過了手機，「但我不知道你的密碼。」

「喔，就123456。」

「這麼簡單？」

「對！我一直以爲妳知道。」楚煜函一笑，轉身將燙好的衣服放進行李箱。

「爲什麼可以這麼輕易把手機給我看啊？」趙子喬訝異地問。

「我手機又沒有什麼祕密，隨便妳看啊。」楚煜函表情狡黠地回頭，問：「妳的手機也可以給我看嗎？」

「不行。」她下意識這麼回應，因爲她的手機有登入過第一者匿名網頁，她的IG有搜尋過羅允芝的帳號，她也有跟虞又琳抱怨過楚煜函，還有韓衍的LINE，或許楚煜函知道韓衍是誰。

以及，她的LINE裡有霍易碩。

「哎呀，眞是傷心。」楚煜函雖這麼說，也沒有眞的想要拿她的手機去看。

這不禁讓趙子喬認爲自己是不是想太多了，那時候的帳號是不是眞的沒什麼？

否則楚煜函怎麼會心無芥蒂地把手機直接拿給她看呢？

她得清除內心的臆測，所以她點開了ＩＧ，只見楚煜函的本帳前兩天還上傳了與自己的合照。她猶豫了一下，還是點開了右下角，可是什麼都沒有。

沒有那個分身帳號！

趙子喬瞪大了眼，那個帳號怎麼可能沒有了？

她飛快地點入楚煜函的封鎖帳號，發現本帳帳號封鎖了羅允芝。

瞬間，她的心涼了一大半。

「怎麼了？」楚煜函忽然開口，「妳要看什麼嗎？」

「沒有。」她努力壓下聲音的顫抖，把手機還給楚煜函，心跳劇烈，快得幾乎下一秒就會從口中跳出。

楚煜函之所以敢把手機給她，不是因爲眞的問心無愧，而是他把帳號整個登出了。或許楚煜函發現了自己的不對勁，也或許楚煜函現在更小心謹慎，又或是他們聊天的內容已經到了被看見也無法解釋的地步了。

「我先去寫稿了。」她努力揚起笑，轉身往書房走去。

關上了門，坐在電腦桌前，她雙手顫抖，想要尖叫大哭，卻什麼也做不到。楚煜函或許做了什麼，也或許什麼都沒做，但是她對楚煜函的信任感逐漸瓦解。

她再次登入了第一者匿名版，發了一篇文，講述了關於伴侶ＩＧ假帳號的事。

明明那裡是負能量充斥地，但可悲的是，她也是造成負能量的人之一。

「嗨，結果妳有登入過那個網頁了嗎？」韓衍的訊息從右下角視窗跳出，正寫稿到一半的趙子喬馬上點入。

她想了一下，原先想要說謊，最後還是回：「有啊，去取材一下。」

然後她想起自己還有發文，便再次點開網頁登入，瞧見有人回覆。

「所以不要看手機不就好了。」

「有鬼，就是外遇了。」

「可能都約了。注意有沒有時常加班。」

不意外，大家的留言都如此負面，趙子喬無奈一笑，想在這邊找到可以聊天的人，或許太過天真了吧。當然她也不是要別人安慰，她只是想找一個可以理性聊這一切的對象罷了。

正當她準備關閉這個網頁並不再登入時，卻注意到一個回應：「我也是從伴侶的ＩＧ發現對方的聊天紀錄。」

接著她注意到右上角的部分出現了數字一，點入後才發現有私人信件。

「我是在妳的發文下留言的人，我的伴侶也是用ＩＧ和人聊天被我發現。」

原來有私訊功能。

「妳是本來就知道對方的手機密碼嗎？」她馬上回覆。

同時ＬＩＮＥ顯示有來自韓衍的訊息，她點入後看見韓衍的回覆：「有找到合適的取材嗎？」

「算是有吧，謝謝你推薦這個網頁。」她回應，但忽然覺得有些奇怪，「你一個男生怎麼會知道這樣的網頁？」

「我跟妳一樣上去取材啊。」韓衍開玩笑似地說。

「那你有找到什麼有趣的材料嗎？」

這句話韓衍還沒已讀，她先跳回了網頁，發現剛才那人回應了私訊。

「我一直都知道密碼，只是從來沒去看過，直到對方行徑怪異，我才偷看的。」對方很快回覆，這讓趙子喬深吸一口氣。

「妳後悔偷看嗎？」她問。

「後悔但也不後悔，理由都是不看就不會知道。」

之後對方貼來一個網頁，告訴趙子喬那是她之前發的文，剛好就是趙子喬昨天看的那篇「後悔看了對方手機嗎？」。

這該不會是命中注定吧？她終於找到了一個可以平等聊天的對象了。

或許此刻她最需要的，就是一個同病相憐的夥伴。

「最近的一篇大概就是偷看手機的事情吧。」接著韓衍這麼回應。

「我也在看那一篇呢。」趙子喬覺得好巧，「你會查看女友的手機嗎？」

「那妳會看老公的手機嗎？」沒想到韓衍這麼反問。

她心想該怎麼回應，但這問題是自己先挑起的，於是她便回：「以前不會。」

「以前不會，表示現在會了？」韓衍提問。

「現在也沒有。」

「妳很難聊欸。」韓衍這麼回，讓趙子喬笑了出來。

「我只是不知道自己該說到什麼程度。」她如此回應。

「我明白。」韓衍說。

就在趙子喬以爲話題已經結束，關掉視窗後，他的訊息又再次跳了出來。是一個網址連結，她沒多想便點入，卻進到「後悔看了對方手機嗎？」這篇文，她還以爲是自己誤點了私訊的網址，又回到了韓衍的LINE視窗，再次點入網址，結果還是那一篇。

「這篇是我寫的。」沒想到韓衍的訊息傳來如此說，讓趙子喬愣住。

她馬上點開匿名者網頁的私訊，發了一封訊息給剛才的人，「你是韓衍？」

「……」對方回應，「趙子喬？」

她在螢幕前倒吸一口氣，馬上點回了LINE視窗。

「搞什麼啊，有這麼巧的事情？」

「我才要問搞什麼哩，誰知道是妳發文！」韓衍也立刻回應。

「這該不會是你的陰謀？難道你是管理員？」

「我要陰謀什麼？都是匿名的，誰會知道誰是誰？而且我怎麼可能是管理員！」韓衍也澄清。

「好，那我們現在彼此先冷靜一下，等等再說。」趙子喬飛快打完這串字，就離開電腦前，到餐廳泡了杯茶。

竟有這麼巧的事情，他們兩人竟在網路上相遇？就算那個網頁是韓衍給自己的好了，但是在那麼多的匿名者之中能遇到彼此也太巧了吧，而且兩人的煩惱還差不多？

要不是自己不崇尚陰謀論，她都要懷疑是不是什麼人安排的了。

稍微冷靜後，她走回了電腦桌前坐下。

「既然如此，我們就跟彼此分享吧。」她打下了這段話，而韓衍也很快已讀。

「最一開始我就說過可以跟我分享，但我沒想到我們居然連煩惱都一樣。」

韓衍回應的話跟她剛才內心所想的一致。

「我雞皮疙瘩都起來了。」小說她都不敢這麼寫，一定會被讀者笑說哪有這麼巧的事情。

但眞實世界就是這麼小，很多事情就是這麼巧。

「我也是。」韓衍回覆。

從那一天起，他們總是會分享彼此的狀況，趙子喬對韓衍也有了一定程度的了解。他比自己大一歲，大學在臺南念，目前住在臺北，與女友同居多年且有結婚的打算，但一直沒有踏入婚姻。

然後，他最近發現女友的行爲有些奇怪，像是看手機會有些遮掩，或是偶而會看著手機微笑。一開始他不以爲意，但某日卻覺得有些奇怪，便偷看了對方的手機，幾乎所有的通訊APP他都看過了，最後來到IG，就看見了那些訊息。

他說，那時候女友在泡澡，所以他有時間可以慢慢看完。從對話的內容他知道，女友的心偏移了。

雖然兩人沒有特意提過彼此的關係，但從對話的內容看得出來，過去不是交往過，就是互相喜歡過。

他並沒有心胸狹小到覺得不能和前男友聯絡，只是雙方隻字未提彼此的感情狀況，甚至女友還和對方分享了許多工作上的煩惱，並尋求意見。

「我女友的煩惱非常簡單，就是要不要離職。我問她離職以後有什麼打算？工作有找好了嗎？要找什麼？存款夠嗎？」

「我懂你的想法，但你這樣的說話方式，對女生來講非常……討厭。」趙子喬笑著搖頭。

「我當然知道，但我們都已經過了對未來抱持不切實際幻想的年紀了。如果要走到結婚，那不就更該實際一些嗎？」

「那她前男友怎麼回？」

「他說：『學姐這麼優秀，到哪都能適應且做得很好的！』笑死！前男友隔空關心、加油打氣，不需要爲了我女友未來的生活負責，也不需要一同承擔現在的責任，他當然可以隨便說加油啊。」

「但那種不切實際的話，有時候女生就是需要啊。況且，你女友何嘗不知道三十多歲換工作有多危險。」

「這些我當然也知道……但我在那個當下眞的說不出『加油』的話。」

其實趙子喬能夠明白眼前的男人爲何那樣回應，同時也明白他女友想聽到的話。有時候溝通就是明明知道對方想聽什麼，卻還是不小心說了自己想說的話，從此雙方的頻率就在那一刻開始改變，清晰變成有雜訊，慢慢地，雜音越來越多，直至不同頻率。

「不過，現在流行姐弟戀嗎？我老公也是叫那個女人學姐。」

「這也太巧了吧？」

「所以你們男生眞的會對年紀比較大的女生有興趣嗎？」會這麼問是因爲，她一直以來都不太喜歡女大男小的搭配。

或許是因爲大多數的女生天生就比男生成熟，若是找年紀比自己還小的，不就更幼稚了嗎？當然，這只是她個人主觀的想法，但也因爲這樣，她的作品從來沒有出現過女大男小的CP，或許某方面，她寫的所有故事都投射了自己的觀念。

「要看年紀大多少。不過有時候也不是年紀的關係，是一種感覺。」

「所以你也和年紀比較大的交往過？」

「我年輕時和很多女人交往過。也因爲這樣，我對女友和異性聊天這件事並不是太在意。」

「一種代償心態嗎？」就像自己也因爲和霍易碩聊天過，而企圖說服自己楚煜函也只是聊天罷了。

「應該說……在他們見面以前，我並不在乎。」

趙子喬瞪大了眼，「他們見面了？」

「對，我看到訊息的時候，他們已經見過面了。」

「他們是……到哪裡見面？」

「很平常，上班日吃個午餐而已，嚴格說起來什麼也不是，但我們都知道那只是個開端。」韓衍不說違心之論。「現在對他們來說，就像是剛開始戀愛的曖昧感覺，吃個平常的飯就能感受到浪漫吧。」

「你明明在講自己的事情，卻好像在講別人的事。」趙子喬不知道該笑還是該難過。

「我的心情滿複雜。我生氣又覺得可笑，同時又難過，也覺得不甘。」韓衍停頓一下，「我在妳面前是完全展現眞實的自我。」

「我看得出來，謝謝你。」韓衍的坦白讓趙子喬好受多了。

韓衍述說自己的事情多過於問她，她隱約覺得這是韓衍的溫柔。

「在一起生活久了，逐漸不會特意去搞浪漫或是噓寒問暖，慢慢的，變成只是『生活』。對我來說，變成『生活』就是最大的幸福了，噓寒問暖是情侶在做的，我們既然有意結婚，何必要做那些沒意義的事情？」

「我沒有幫你女友說話的意思，但我也想說說身為女性的意見。我同意你的話，但就是生活太日常，才更需要一點撫慰，這樣也會讓我們好過些。」

「難道要一輩子浪漫嗎？」

「這也不是浪漫，就是一種關心，會想要被關心的感覺。」

「我覺得口頭上的關心不如實際作爲。例如，我問妳『餓了嗎？』，這有屁用？不如直接買便當或是問要吃什麼。」

趙子喬在螢幕這頭輕笑，「你也可以問完再買啊。」

「但我眞的覺得沒必要。」

接著韓衍卻停頓了好一陣子。

「或許就是因爲這樣，她才會找上願意對她噓寒問暖的人吧。」

「你別這麼想。」

「妳呢？對於伴侶出軌，妳怎麼想？」

「怎麼想的意思是？」

「覺得是自己的錯，還是覺得都是對方的錯？」

她思索了一下，內心有許多情緒性的字眼，但最後她還是打出了理智的話：

「雙方一定都有些問題，只是用了不好的方式面對……我們已經結婚了，結婚後遇到誘惑也該自己踩剎車……其實我也在想，會不會他已經踩剎車了，所以才刪除帳號，但我卻在這邊胡思亂想？」

「趙子喬，妳很不夠意思欸，妳現在是在客套嗎？」韓衍傳來生氣的貼圖。

「我才沒那個意思，只是……唉，我也不知道。」

「不然這樣，如果妳不介意，我可以幫妳看帳號還在不在。」

趙子喬大驚，她若是把楚煜函的ＩＧ交出去，感覺好像太過赤裸。「抱歉，還是……」她字打到這裡卻停了下來。韓衍都說了這麼多了自己的事情，現在的韓衍已經不是在派對上見過一面的陌生人，而是一個與自己同病相憐的朋友。

這樣的人，不就是最好的樹洞嗎？

所以她把這行字刪掉，把楚煜函的分身帳號打了上去。

韓衍許久沒有回應。

「有嗎？」趙子喬開始緊張起來。

「我們見個面吧。」

「見面？爲什麼這麼突然？」

「我女友聊天的對象就是妳老公。」

第七章

她帶著忐忑的心情，來到韓衍給的地址，是一間酒吧。

踏入後裡面昏暗至極，她這才想起自己戴著太陽眼鏡。拿下眼鏡，她左右張望了下，尚未看見韓衍，不想引起其他人的注意，她挑選了最角落的位置坐下，雖說也沒什麼人知道她是誰，但總歸是要談一些不太光彩的話題，還是低調些好。

又想了想，如果坐在角落的話，韓衍到了會不會找不到她？所以猶豫了一下，她走到吧臺邊坐下。

一想到韓衍說的話，她依然震驚萬分。在網路上匿名相遇這件事就夠巧了，兩個人的問題差不多也不打緊，最沒預料到的就是，彼此的伴侶居然就是他們出軌的對象。

再說一次，她的小說都不敢這麼寫。可是有時候，世界上就是會有這麼多因緣巧合。

在網路發達的時代，地球已經眞正的成爲「地球村」，以往的「六度分隔理論」即將走入歷史，最新數據顯示，人與人之間的距離只有三．五七人，也就是說，人類已經進入四度分隔理論，這世界上的任何一個人，我們與他的距離只要經過三．五七個人就能夠串連起來。

趙子喬這些年來也經歷了許多這種不可思議的緣分，像是同事是自己高中同學的知心好友，又或是朋友的男友竟是自己表姐的同校朋友，甚至親戚的小孩班上同學在看自己的小說等等。

所以，雖然這種巧合很扯，但是她絕對相信有這種巧合存在。

她看了下手機，離約定的時間還有十分鐘。她的心跳飛快，是一種期待卻又害怕的心情。其實她多少對楚煜函抱還是有期待與信任的，但她也相信自己的第六感，只是得知事實時，還是會痛苦不已。

他們明明是因相愛而結婚，明明也都對未來有所共識，在確定要嫁給楚煜函以前她也是經過深思熟慮，確認彼此的價値觀、人生觀都相同，且生活習慣、家庭狀況等都相近，她才決定嫁給他。

他們的最初，是怎麼樣的？

是做錯了什麼，才走到這一步？

在出社會工作後的第一年，她與虞又琳重逢，有了頻繁的往來，有好長一段時間會跟著虞又琳到處玩樂。她們經常會討論哪個彩妝好用，又或是哪邊有好看又便宜的衣服，還會一起去SPA或是做指甲彩繪。

與此同時，在虞又琳積極勸說她去投稿的情況下，在三個月後，她收到了出版社的回覆與一只合約。

她簡直不敢相信，還以爲是詐騙信件，重複看了好幾次信上的文字，才確認是出版社的過稿通知。

「有什麼好訝異的！我本來就知道妳一定會過稿的啊。」當她把這個消息告訴虞又琳時，對方可一點都不驚訝。

「我眞的不敢相信，我寫的東西眞的可以嗎？」

「拜託，難道除了我以外，都沒有人說過妳的故事很好看嗎？」虞又琳在電話那頭表現得比聽見她過稿還要驚訝。

在這一瞬，趙子喬的腦海中閃過了在高中校園、別著畢業胸花的霍易碩對她說過的話。

更多畫面閃過，有這些年來她創作漫畫時得到的留言回饋，她大學時站在臺上領獎的模樣，還有在網路連載時的讀者留言等。

「有耶。」她驚訝地回應，原來早就有很多人跟她說過一樣的話了。

「對嘛！所以妳要對自己有信心一點，來，跟著我說：『我很棒！』」

「我很棒！」

「我寫的故事超好看！」

「我寫的故事超好看！」

「我靈感爆棚！」

「我靈感爆棚！」

「我是臺灣J．K．羅琳！」

「我是臺灣……欸，這個我真的不敢講。」

「好吧，我也覺得有點太超過了。不錯，妳還是有自覺的。」虞又琳大笑道。

「聽到妳這樣說，不知道該不該開心！」趙子喬也笑了起來。

而後續就好像早就準備好一切，只欠東風一般。所有的簽約、修稿、出書等水到渠成，透過專業編緝的修潤，趙子喬明白了身爲作者的盲點，而透過每一次的出書，來自四面八方的讀者給予的回饋，讓她更知道故事該怎麼走、怎麼寫，會讓受眾更有共鳴。

而這些事情，她彷彿天生就知道該如何做，她知道怎麼跟讀者互動、怎麼寫書、怎麼應對，加上當時她出版的書都還算暢銷，幾乎是在一種全勝狀態之中，那是她最自信、最光彩耀眼的時光。

也就是在那個時候，她認識了楚煜函。

那是虞又琳二十六歲的生日派對，在KTV大包廂舉辦，雖然裡面一半以上的人她都不認識，但身爲好友還是情義相挺，況且認識多一點人也是好事。

虞又琳拉著她到處跟朋友介紹，並沒有刻意提起她小說家的「副業」，當時她依然在服裝代理公司上班。

「欸，你們來啦。這是我的好朋友，趙子喬，我們高中就認識了。」虞又琳一團一團地介紹趙子喬，充分讓她這位隻身前來的朋友感到窩心。

「子喬？」當她拉著趙子喬來到三男團體介紹時，其中一個男生重複著趙子喬的名字。

「楚煜函，你做什麼？裝什麼熟？」虞又琳皺眉歪頭，「他們三個都是我國中同學，因爲工作性質所以現在還有聯絡。」她轉頭跟趙子喬介紹。

「喂，這樣說太傷人了，難道我們是因爲工作關係才保持聯絡的嗎？」一個梳著油頭的男人傷心吶喊。

「是啊，如果這樣的話，還是以後別聯絡了吧。」另一個頭髮稍長且髮尾染金的男人接著說。

在KTV這樣喧鬧的場所中，他們都得提高嗓門才聽得見對方說的話。

「吼，你們很煩耶！」虞又琳邊笑邊打了他們一下，「他們的職業是攝影師助理、美髮師和彩妝師，我是因爲工作才跟他們重逢，就把他們邀來了。」

「原來是這樣啊，世界眞小。」

虞又琳露出了「可不是嗎？」的表情，見到還在喃喃自語的男生，用力打了他一下，「楚煜函，你是在碎念什麼？」

被打的男生恍然大悟，「妳是那個小說家趙子喬嗎？」

這讓大家都愣住了，雖然她有露臉，但也沒紅到會讓路人認出來。

「你怎麼會知道？你看起來不像看書的人啊。」虞又琳皺了皺眉頭，說出了失禮的話。

「妳每次工作空檔不是都在看書嗎？我記得問過妳在看什麼，然後妳說是妳好朋友寫的書，還硬塞給我兩本叫我看。」

「啊啊，我都忘記有這回事了。他是彩妝師啦，我常常會請他幫我化妝。因爲他們幾個現在還沒有很紅，所以找他們幫忙處理妝髮比較便宜。」虞又琳依舊說著沒禮貌的話，但他們似乎都習慣了，哈哈大笑著。

「不好意思，讓你被逼著看愛情小說。」趙子喬對眼前的男生尷尬致歉。

「不會啊，我覺得很好看。她給我一本愛情一本靈異，實在沒料到兩本風格差這麼多的作品居然是同一個人寫的，還跟我們同年齡，我太驚訝了。而且虞又琳時常PO妳們的照片啊！」楚煜函劈哩啪啦說著，虞又琳點了點頭。

「好，那我們子喬就交給你照顧了，你們好好聊吧。」她輕輕推了趙子喬的背，便轉身往別的地方打招呼，另外兩個男生見狀也識趣地離開。

「他們這種反應會不會讓妳有點尷尬？」楚煜函問。

「還好啦。」趙子喬聳肩，「謝謝你喜歡我的小說。」

「哈哈，好官腔！」他伸出了自己的手，「我叫楚煜函，下次如果妳有簽書會之類的，可以找我幫妳化妝，我會算妳很便宜的。」

「哈哈哈，那就拜託你了。」

趙子喬這時才看清楚楚煜函的五官，立體的鼻梁與漂亮的眼，完全可以用「美麗」兩個字來形容的長相。

「對了，妳有臉書粉絲專頁吧？」楚煜函邊說邊拿出手機，「就叫作『趙子喬』嗎？」

「對，你要追蹤我嗎？」

「對啊，都遇到本人了，一定要追蹤一下的。」楚煜函搜尋到她的頁面，按下「讚」，又迅速往下滑。

雖然在自己眼前被人觀看粉專發文感覺有些害羞，不過她可是非常認真經營，讓初來乍到的人可以知道自己最近出版了哪些作品，還有這粉專的性質是什麼。

「妳真的很厲害。」楚煜函的聲音有些小，抬起頭看著她，「整個人閃閃發光，清楚自己在做什麼，超酷的。」

被這麼直率的誇獎，趙子喬有些不好意思，「你也很厲害啊，彩妝是你從以前就有興趣的嗎？」

「不是，是誤打誤撞發現很喜歡。」楚煜函回得簡單，「難道妳是從小就想當作家嗎？」

「我小時候是畫漫畫，後來才發現自己只是喜歡說故事，所以就改成寫小說，然後就出書了。」趙子喬也是講得簡潔有力。

「哇！好厲害，我覺得能當作家的人都很厲害，怎麼有辦法想這麼多故事啊？我看妳的自我介紹寫已經出版了二十本書，太厲害了！妳是全職作家嗎？」

「不是，我白天在上班，就利用晚上跟假日寫。」趙子喬覺得十分彆扭，「那個，我覺得叫我作家有點害羞。」

「咦？」楚煜函愣了下，「不然要叫什麼呢？」

「可以叫……」她正想要說出「作者」兩字時，卻見楚煜函露出了大大笑容。

「還是我可以叫妳子喬？」

「咦？」趙子喬睜圓了眼，見到他的笑容，她的心跳忽然加速了。

「對了，子喬，妳有男朋友嗎？」

「咦？沒、沒有。」

「那我可以加妳的ＬＩＮＥ嗎？」

「欸……也不是不行……」這速度讓趙子喬覺得有些快，不過現在交朋友不就是這樣嗎？可是楚煜函多問的那一句難免讓人有遐想呀。

況且……楚煜函的外型，幾乎就是自己喜歡的類型。

她看著好友名單上多出了楚煜函的名字，忍不住笑了一下。

從那天以後，楚煜函幾乎照三餐問候，每天也會找尋新話題和她聊天，兩個人從求學階段到出社會的工作日常，天南地北的什麼都聊，就連新聞時事、影集、電影、動畫等也聊。

當趙子喬忙著寫稿時，楚煜函會跟她說加油，體貼叫了外送送到她家；而當楚煜函有彩妝案子時，趙子喬也會對他說加油，等他工作結束後的回覆。

就這樣，每天聊著聊著，也聊出了感情。

某天，楚煜函問她：「我們要不要一起去吃飯看電影？」她就像已經等待了很久，幾乎沒有猶豫地馬上回應「好」。

什麼女人的矜持？那種東西在現代已經不需要了。

勇敢且把握當下才是現在的潮流，毋須小心翼翼等待對方追求，也沒有必要說什麼曖昧才是最美，所以不敢在一起。

只要喜歡了，那就戀愛吧。

抱持著這樣的想法，在兩人第一次的約會後，楚煜函紳士地送她到她家樓下時，她主動問起：「我們要交往嗎？」

楚煜函先是訝異地睜大眼，接著露出了害羞卻開心的笑容，「我本來還怕太快會嚇到妳，想說至少第二次約會後才跟妳告白。」

「正常來說，第二次也很快吧？」雖然她想表現得大方，雙手還是有些顫抖。

「所以妳覺得如果互相喜歡的話，也不用花太多時間曖昧或是醞釀，就可以互相告白在一起了對吧？」楚煜函歪著頭說，嘴角帶著笑意。

「我們已經聊天好一陣子了，況且虞又琳也不會邀請怪咖到她的生日派對，所以我想你不是壞人。」趙子喬的聲音有些抖。

她不是不害怕，只是那時候的她正處於狀態絕佳的時刻，她有源源不絕的勇氣，也有著向前衝的動力，有一種做任何事情都會成功、就算失敗她也會馬上站起來再接再厲的衝勁。

那是她人生最有幹勁的時候。她對每一天都期待無比，每一天都充滿希望。

所以，她順著自己的感覺不會出錯。她喜歡楚煜函，她也相信楚煜函喜歡自己，既然如此，那還等什麼呢？就交往了吧！

「所以，如果我們彼此喜歡的話，就不要浪費時間了吧？」趙子喬學著楚煜函歪頭。

「哇，這麼直接又快速。那交往了以後，如果發現我們不適合該怎麼辦？」

「不適合就看有沒有心要克服或是退讓，不然的話就分手呀。」趙子喬聳肩，說得十分瀟灑。

「我第一次遇到這麼直接的女生，閃閃發亮又這麼有自信……」說到這句，楚煜函的臉似乎僵了下，但隨即又笑了起來，「如果還很喜歡彼此，卻發現不適合了，又沒辦法克服，這樣怎麼辦？」

「只要雙方都有心想要繼續這一段感情，也願意稍微妥協一點的話，我覺得繼續交往也沒有問題。」趙子喬眨眨眼，「時間會解決一切的。」

「時間能解決一切啊……好像是眞的呢。」

「啊，不過有一點是時間再長也是無法解決的。」

「是什麼？」

「就是背叛呀。被人背叛的傷害一輩子都不會忘記，以為時間沖淡了，但是某天忽然又想起的時候，就感覺像是才剛發生。」趙子喬聳了聳肩，「所以如果你喜歡上別人了，就請乾脆跟我說分手，我絕對不哭不吵不鬧，也不會發文公審。」

「這麼理性？」

「因爲愛而在一起，也因爲不愛而分開。」趙子喬說得簡單明瞭。

楚煜函大笑起來。「好，我們交往吧。」說完，他上前抱住趙子喬，「但是我跟妳告白在先的喔。」

「那就當作是吧。」趙子喬伸手回抱了了楚煜函。

「對了，接吻也需要時間緩衝嗎？」楚煜函忽地問。

「呃，其實我覺得不用，但這麼問還是很令人害……」話音未落，楚煜函的唇已經覆上了她的。

她永遠記得兩人的第一個吻和小說寫的不同，沒有什麼太多浪漫的因素，卻令人害羞且心跳飛快。

她撰寫了這麼多愛情小說，卻從來沒有遇到其中一種浪漫。她不是浪漫的人，才有辦法寫出這麼多浪漫的故事。

楚煜函的雙唇炙熱，氣息令她雙眼迷濛，她伸手抱住了他，才發現他的肩膀如此結實，而楚煜函的舌滑進了她的嘴，她不禁熱切回應著。

不管怎麼說，第一次約會就第一次接吻，他們或許還是太快些了。但是，在這瞬息萬變的世界中，又有什麼事情是不快的呢？

趙子喬保持這樣的心態，努力生活，努力工作，努力戀愛。

交往兩年後，楚煜函和她求婚了，她評估兩人依舊相愛，且都努力打拚事業，同時各種觀念也吻合，便欣然接受。

而後楚煜函受到新竹的公司邀請，爲他的彩妝之路開啓新的方向，他們也一同搬至新竹。

後來，她跟霍易碩重逢，雖然心動卻也明白曖昧都是過去的事情了，兩個人成熟又得體地退回原本的位置，沒讓事態發展到不可控制的地步。

之後，楚煜函的彩妝之路發展得越來越好，甚至成爲某些大咖明星的御用彩妝師，隨著他在臺北的case越來越多，他們便認眞考慮搬回臺北的事情，恰巧那陣子房價看好，新竹的房子行情是他們當初購買的兩倍，精算一下後，他們便決定搬回臺北。

回到臺北，趙子喬也就順勢離職了。他們努力了兩年想要自然懷孕卻未果，檢查過後兩人也沒有太大的問題，就開始到劉忠瑋的中醫診所調養，但結果總是令人失望。

在事業上，楚煜函如日中天，但她的書籍銷量卻逐漸下滑，她開始產生了擔憂，好像什麼事情都不夠順利，這件事反應到她寫稿的狀態上，以往只需要手速趕上腦袋速度的狀態已經消失，她會坐在電腦前發呆好長一段時間。

然後，她便發現楚煜函外遇了。

正因爲她體驗過充滿自信、做什麼都很順利的狀況，當不順利的事情接二連三發生時，她能明顯感受到運氣的差異。

當所有不好的巧合湊在一塊兒，才會讓她在網路上都可以遇見老公外遇對象的伴侶。

這也是她此刻坐在這裡的原因。

酒吧的門再次打開，一個穿著外套的男人走進來，服務生接過他的外套，掛在後頭的牆上。

她看著男人帥氣英挺的外表，忍不住莞爾一笑。不知道羅允芝在想什麼，有這樣的男人還看上自己的老公，雖然楚煜函的外型也完全不輸就是了。

這麼一想，不免覺得可笑，她第一個反應居然是思考人的外表嗎？

韓衍注意到趙子喬就坐在吧臺前有些驚訝，筆直朝她走來。「沒想到再次見面是這種情況，跟我原先預想的不同。」韓衍嘆息，坐上了高腳椅。

「那你原本的預期是什麼呢？」

「大概就是談合作的內容、合約之類的，總之不會是這樣。」韓衍聳肩。

「是啊，我們眞是同病相憐。」趙子喬也跟著聳肩。

「所以妳的老公眞的是楚煜函？」

「你女朋友眞的是羅允芝？」

說完，趙子喬笑了聲，笑著笑著，眼淚流下，飽含心酸、無奈與痛苦。

韓衍抽了張衛生紙給她，「很抱歉帶給妳這樣的消息。」

「不、不。」趙子喬搖頭，接過衛生紙擦拭眼淚，「再一張。」

韓衍又抽了一張給她，趙子喬擤了擤鼻涕，「我也很抱歉讓你遭遇這樣的事情。我很想說，還好你們還沒有結婚，但是被背叛的感覺跟有沒有結婚其實一點關係也沒有。」

「不過結婚還有法律保護，如果妳證據足夠的話。」韓衍還有心情開玩笑，這讓趙子喬在哭泣中笑了聲。

「眞是奇怪，明明是這麼生氣又悲傷的事情，爲什麼人體機制還是能讓我們笑出來呢？」

「因爲我們都已足夠成熟吧。」韓衍朝服務生招手，「妳想喝點什麼？」

「都可以，會醉的那種吧。」趙子喬說。

「微醺就好，別醉吧。我來幫妳選。」他跟服務生點了兩杯調酒，接著又點了一些下酒菜，「要是早個十年，發現這種事情大概也沒有辦法心平氣和地等待，而是當下就攤牌了吧。」

「當下就攤牌只會換來對方的蒙混過關，接下來更會隱藏罷了。」趙子喬也認同他的話。年輕時的她正處於身心狀態都極好的時刻，她一定會大吵並果斷分手。

「但是我現在也不是不能分手……離婚在現今來說也不算什麼稀奇事，就算很稀奇好了，只要楚煜函外遇了，我絕對就是離婚。」

「妳想過猶豫的點是什麼嗎？」韓衍的話並不是眞的在提問，「是因爲他們只是見個面，講話有些曖昧，作法有些可疑，但是並沒有實質出軌，在某方面還可以說服自己對方沒有出軌，就算攤牌依舊能用『只是聊天』的理由搪塞過去，就算訴請離婚也不到可以離婚的狀態。」

趙子喬鼻頭一酸，「但是，在等待他們眞的出軌這件事，讓我覺得好可悲。我不想在發現初期就阻止他，是因爲他已經心猿意馬了，但我也不想要當最後一個知道的人。事實上，我根本就不想遇到這種事情，有時候我甚至會想，早知道就不要去看手機了，只要不看，這些事情我都不會知道。」

在網路上也看過其他人分享，她在老公過世後才發現，過去二十年，老公一直有外遇的對象。但是老公每晚都會回家、對待家庭也很上心，更沒有忘記每一個節日，所以她沒有發現任何徵兆。

她說，在得知的瞬間，她的世界天崩地裂。但是那段老公活著的時光，她確實幸福快樂到人人稱羨，而小三則活在痛苦中，老公死後，小三與小三的孩子也沒有得到名分。

無知者最幸福，要是永遠都不知道，便是幸福快樂的。或許有人會說那不過是假象，但現實的痛苦與幸福的假象，妳想活在哪個世界？

「有時候我也會這麼想呢，甚至也會想是不是我哪裡做不好？我是不是應該多關心她一點，多給予她一些情緒價值？雖然出軌有錯，但正常狀況下，一定是原伴侶這邊有了些小小問題，他們才會往外尋求慰藉，有時候這慰藉或許是宗教、課程、信仰、朋友……而有些人則會選擇異性。」

「這算不算是幫他們找藉口？我一邊覺得或許自己有問題，一邊又覺得不管有什麼問題，基於對伴侶的忠誠，他們都不該這麼做。」

「但是說實話，他們目前也只有聊天而已。」韓衍艱難一笑，「即使我們都知道不太單純，畢竟他們在隱瞞我們的情況下見面吃飯了。」

「你……做過類似的事情嗎？」趙子喬看著韓衍，「我曾經做過類似的事情，所以我是不是沒有資格生氣？」

「我和羅允芝交往前的確有過很多段關係，期間或許也有混亂過，但是與她交往後就只有她了。我和任何女性都避嫌保持距離，也沒單獨和女性吃飯過，喔，除了現在跟妳。」說完，韓衍笑了。

「我們這是同病相憐的關係吧。」趙子喬喉嚨緊縮，「我找不到人可以聊，也沒有合適的人能夠站在我的角度跟我聊。」

「我懂。所以我們才會上網找尋相同立場的人，但沒想到就連同立場的人也有高低之分，好像大家都在比慘，不夠慘就不需要講。」

「是啊，而且負能量會成爲一種漩渦，走不出來。」

韓衍點頭同意，「妳說妳做過類似的事情，也是和過往對象見面聊天嗎？」

「不是，但也是有聊天。」她說出了和霍易碩的事情，但是她並沒有說出霍易碩的身分，他現在是大明星，不能隨便說出他的隱私。

「原來是這樣，但我認爲這完全是兩回事。你們踩剎車了，也沒有私下見面，完全不一樣。妳隱瞞了霍易碩的存在也沒關係，人都有自己的過去與遺憾。」

「咦？我有說出他的名字嗎？」趙子喬一愣。

「是沒有，但是妳說了是以前妳小說改編的電影男主角，那就是霍易碩啊。那部電影這麼紅，我當然知道。」韓衍手指在唇前比了噓，「我用生命保證不會告訴任何人。」

「謝謝你。」眞是奇怪，明明才跟韓衍第二次見面，爲什麼就感覺能無條件信任他呢？是因爲兩人目前是一樣的位置，所以才能放下戒心嗎？

「我有兩個想法，妳願意聽聽看嗎？」

「洗耳恭聽。」

「第一就是，我們雖然理性知道不該出軌，也明白或許是自己有什麼問題，但是不管怎麼說，總不能把錯都往自己身上推，讓自己喪失自信又否定自己吧？」

「我有給你這樣的感覺嗎？」趙子喬很驚訝。

「我因爲工作關係，習慣在認識新朋友之後，若覺得有機會合作，就會去搜尋對方，所以我去找過妳的資訊。」韓衍老實說，「我看了許多妳早期的直播、影片、發文以及與讀者的互動，怎麼說呢？那時候看起來意氣風發，好像世界上沒有任何事情可以難倒妳……就像現在的虞又琳一樣。」

「原來這麼明顯嗎？」她的心情一直都很低迷，這樣的心情陰霾無法消散，她知道要快樂、要開心，知道去外面走一走或是去運動會有好一點，可是無論做什麼，她的心一直懸在楚煜函是否外遇的忐忑上。

她甚至會覺得……是不是因爲羅允芝比自己漂亮？又或是羅允芝的身材比自己好？比自己溫柔？比自己更懂楚煜函？

她討厭現在的自己，甚至覺得自己是被選擇的那一方。

明明理性上知道不是那麼一回事，可是感性上她還是不斷地否定自己。

「我多少也有這樣的感覺，明明以前會覺得自己所向無敵，現在我也認爲還不錯，可是就因爲她找了以前的戀人，讓我不自覺想否定自己。」韓衍喝了一口酒，「還是說，這是中年危機？」

「中年危機是用在這種事情上嗎？這應該是感情危機吧。」趙子喬笑了笑。

「或許吧。所以我的提議是，也許我們該重新找回自信。」

「找回自信很難的。」

「很俗氣的是，來自異性的讚美與好感是最快速可以找回自信的方法之一。」

韓衍的手撐著下巴，盯著她的雙眼。

趙子喬嫣然一笑，「這是什麼意思？難道你是想說，我們也外遇來報復他們嗎？」

「當然不是，嚴格說起來他們根本還不算外遇，我也沒打算用這種一定會後悔的方式報復他們。應該說，我不認爲感情出問題就要報復回去，而是要想辦法解決，無法解決就分開。」

「這觀念我們倒是很合。」趙子喬也拿起酒杯，輕輕喝了一口，甜味在嘴中散開，隨即衝上來的是酒味，甜中帶苦。「這很好喝呢。」

「對吧？」韓衍挑眉，「我是想說，我們就多稱讚對方吧，例如當覺得哪邊很不錯時，用比較誇張又奉承的方式稱讚。」

「例如？」

「例如，我覺得妳很理性地處理這一切，我覺得很棒，那我可以改說：『我喜歡妳的理性。』把『我喜歡』這三個字加在每一次當我們自我否定或是哪個地方值得被稱讚時的開頭。」

她思考了一下，「這樣或許不錯。」

「只介於見面時說。如果在訊息上說，不小心被看到就跳到黃河也洗不清了。」韓衍聳肩，「這或許不是很完美的方式，但我認爲不讓我們的心態毀掉更爲重要。」

「我知道。」趙子喬同意，「那第二點呢？」

「第二點……我們之所以躊躇不前，是因爲他們不算外遇，或許……我們可以給他們一個機會去選擇？」韓衍說這句話的時候握緊了拳頭。

「給他們機會？」趙子喬不明白。

「例如，我們可以告訴他們在某一個週末不會在家，用什麼理由都可以，然後就看他們會不會約見面，甚至是過夜。」

這個提議讓趙子喬的心臟像被緊緊揪住，「人性是不能考驗的，愛情也是。」

「我當然知道，但我們總是要前進的吧？一直在這種狀況懸著……好，假設我們不這樣考驗他們，而是選擇攤牌呢？他們或許不會跟彼此聯絡了，但是會不會有下一個？」

「這……或許是因為他們是彼此青春遺憾的人，所以才會……」

「妳聽聽妳說的話，青春遺憾的人？這一切只關乎『選擇』，像妳不就選擇了剎車嗎？」韓衍失笑，「我也曾經在與羅允芝交往的時候，遇見了以往很喜歡卻沒有結果的對象回頭找我，但我冷淡回應，我選擇了忠誠。」

韓衍一口喝完那杯酒，「這一切都只關於個人選擇。」

「……如果他們眞的去過夜了呢？」

「那不就可以讓我們更清楚自己要什麼了嗎？」

「……如果他們過夜以後，各自回到我們身邊呢？」趙子喬握著酒杯的手顫抖，「你會怎麼選擇？」

韓衍盯著趙子喬的臉，認眞地回：「我會選擇原諒她。」

第八章

「你們現在是住在臺北沒錯吧？」韓衍的訊息傳來。

「是啊，怎麼了？」

「沒有，只是忽然想到妳老公跟她說住在新竹。」

趙子喬聞言一愣，「他爲什麼要說這種謊？我們是住過新竹兩年，但早就搬回來了。」

「誰知道，或許想保有隱私？我女友跟他說有男友，但他倒是沒說過自己的感情狀況，不過我女友也沒問就是了。」

「我想他們彼此心裡都有底吧。」趙子喬嗤之以鼻。難道以爲不問，到時候就可以用「不知道」當藉口嗎？「你現在還有持續看她的訊息嗎？」

「有，妳想看的話，我能翻拍給妳看。」

趙子喬思考了一下，「還是不用了，但是你翻拍下來後幫我保存吧。」

「以防哪天妳攤牌需要用到嗎？」

「或許吧。」趙子喬打字的手指顫抖著，心跳得發慌。

「我那天忘記問另一種可能，假設他們眞的過夜了，重拾舊情，並要離開我們，那妳的選擇呢？」韓衍問。

「那就讓他們在一起吧。只要他們過夜了，無論怎樣我都會選擇離婚。」趙子喬堅定地打出這句話。

她只是欠缺一個推力，一個足以說服自己的理由罷了。

「所以我不懂，爲什麼他們眞的過夜了，你還要原諒她？」

「其實我也不知道。」

文字看不見韓衍的表情，但趙子喬想，他一定又掛著無奈的笑容吧。

「那一天，你和我說這些話時，表情一直都是笑著的……難道你一點都不生氣或難過嗎？」趙子喬問道。

「我當然難過也生氣，同時也覺得……幹！這種事情怎麼會發生在我身上？也太可笑了吧……」

沒想到會看見髒話，趙子喬笑出聲。

「或許傷心到極致，是會笑出來的吧。」韓衍的這句話讓趙子喬充分感受到他的悲傷。

「但我很喜歡你那樣的表現喔。」趙子喬這樣回覆，韓衍傳回大笑的貼圖。

「妳運用得很快。」

「這樣有讓你心情好一點嗎？」趙子喬問。

「好多了，謝謝妳的喜歡。」韓衍傳了感謝的貼圖。「我想問妳，決定好什麼時候跟他們說有事了嗎？」

「我要再考慮一下。」趙子喬停頓了一下，「我手上的稿子再一個禮拜可以寫完，我希望至少等到我完稿以後，不然我不知道自己還有沒有辦法……」

「聽起來，妳對妳老公很沒信心。」

「難道你就對你女友有信心嗎？」

「我不相信人性。」

「那如果你都知道答案的話，爲什麼還要測試？」趙子喬在鍵盤打字的速度變快，「你最後都會選擇原諒的話，又爲什麼還要多此一舉？你們就開放式關係不就好了？」

「因爲我要給她選擇。」韓衍很快回應，「我的選擇是一回事，她的選擇是一回事。」

「我眞是搞不懂你。」趙子喬嘆氣。

「在遇到這種事情以前，我也不知道自己會這樣。或許是我犯賤？」

看著這句話，趙子喬原先還要回些什麼反駁他，但忽然覺得韓衍或許沒有表面上看起來這麼從容，否則照理來說，一個大男人就算發現伴侶感情有異樣，好像也不會特意上網發文甚至是找人聊聊。

況且，他還選擇原諒。

或許，他比她想的更愛羅允芝。

一發現這點，趙子喬便嫉妒起那個叫羅允芝的女人了。她有什麼魅力可以讓自己的老公這些年都不忘記？又有什麼能耐即便出軌了，還能讓韓衍對她死心踏地？是她做女人失敗，還是羅允芝太會做女人？

「妳在胡思亂想嗎？」韓衍的話忽然出現。「因爲不知道妳在想些什麼，所以沒辦法稱讚。」

趙子喬嘆口氣，想拋去自己剛才難看的嫉妒心，正準備回應時，韓衍的訊息又再次出現。

「所以我只好說，我喜歡妳了。」

趙子喬只覺驚喜。有多久沒有人對她說這樣的話了？除了寫小說以外，她連「我喜歡你」這幾個字都沒有出現在楚煜函的ＬＩＮＥ裡。

這一瞬她竟然哽咽了，沒想到有人對自己說「我喜歡妳」，會如此令人開心與感覺溫暖。這無關乎愛情，而是身而為人被另一個人肯定的開心。

「我懂你說的那種感覺了。」她回覆，突地想到，會不會楚煜函只是在追求這種感覺？

有時候親密伴侶無法給他的成就感，能從外人口中或是些許曖昧之中，找到那種彷彿還無所畏懼的青春歡愉。

「變成大人還眞複雜。」最後，她如此回覆。

即便自己是寫小說的，內心各種情緒與感觸有時候豐富得無法從她貧乏的文字庫中找出最貼切的形容。

「是啊，但是長大是必然的。」

所以有一天，每一個人都會遇到超乎自己想像，也無法短時間內解決，甚至折磨自己的爛事。

但，總歸會找到出路的。

「吸氣，好，很好。」劉忠瑋將針從趙子喬的頭頂輕柔拔出，「最近狀況還好嗎？」

「稿子交完了，再來會好好休息一段時間。」趙子喬拿起旁邊的茶水。

「休息很好啊，說不定寶寶那時候就來報到了。」劉忠瑋笑著鼓勵，卻發現趙子喬面容有些憔悴，「還好嗎？」

「沒事，只是最近在想說，眞的需要孩子嗎？」她乾笑著說。現在的狀況，孩子來了也不知道好不好。

「你們想要放棄嗎？」劉忠瑋將手裡的針收好，拉了張椅子坐在她面前。

「我其實連我到底想不想要小孩都不知道，是因爲我老公想要，才覺得有也不錯。」

劉忠瑋認眞聽著，「摒除妳先生的想法，妳的想法呢？」

「我不知道，我眞的不知道！」

「好，冷靜。來，深吸一口氣。」劉忠瑋輕聲說，「孩子會完全顚覆妳的人生，不要去想妳先生，而是要問妳自己。」

「……我不知道孩子能帶來什麼好處。」

「孩子沒有任何好處啊，他會花妳的錢、偷妳的時間、奪去妳的自由，還會讓女生身體產生超級大的變化，我得老實說，對女人的影響遠比男人多太多太多了。所以要不要生小孩，該是女人決定，不是男人。」劉忠瑋小聲說，「但很多女人都是因爲男人想要而找上我。女人太偉大了，爲了摯愛的男人甘願奉獻一切。」

「呵，你是在安慰我嗎？」難得聽劉忠瑋說這麼多話。

「我是說實話。」

「可是你已經有兩個小孩。」

「因爲我還沒說完啊。孩子的確沒有任何好處，如果妳所謂的好處是物質上的、是肉眼可見的實體的話，那很抱歉，沒有。」劉忠瑋嚴肅地道，「但是孩子能帶給妳的是滿滿的愛，他無條件愛著妳，他的一切行爲動作，都是妳的愛、妳教育形成的模樣。孩子是妳的鏡子。」

「……」

「簡單說起來，有了孩子以後，妳才會發現原來妳能夠這麼愛一個人。」

「這言下之意是，對老公或老婆的愛減少了嗎？」

「那完全是不同層次的愛。」劉忠瑋聳肩，「但，要不要孩子是每個人的人生選擇。有些人覺得孩子剝奪一切，讓他犧牲了一切，若覺得是『犧牲』的話，那養育孩子一定是辛苦的路。生命是奇蹟，準備好了再過來吧。」

「……你覺得我沒有準備好嗎？」

「我覺得沒有。」劉忠瑋老實說道，「等妳準備好了，考慮清楚眞的想要孩子再過來吧。」

趙子喬站起身。她明明陷入了婚姻危機，卻還是一直來調養身體，只爲了得到楚煜函想要的孩子，而她自己眞的想嗎？在楚煜函心都偏移的情況下，有了孩子又怎樣呢？

「你覺得孩子能喚回男人的心嗎？」趙子喬在離開診間前回頭問，這話讓劉忠瑋些微睜大眼，趙子喬一笑，「只是寫小說會用到的劇情，想參考一下已婚男人的意見。」

「不會。」劉忠瑋說，「以爲孩子能喚回男人責任心或是愛情的女人，都是傻子。」

「謝謝。」趙子喬微扯嘴角，露出了一個難看的微笑，便離開了中醫診所。

在回家的路上，她收到了韓衍的訊息，問她是否有空見面。

「現在？」趙子喬很是訝異，「怎麼了嗎？」

「我已經跟她說今天要加班，若是妳沒空的話，我也會到處轉轉再回家。」

雖然會與韓衍保持聯繫，但除了那天的酒吧相會，他們並沒有再次見面。

「你這麼臨時約，是發生什麼事情了嗎？」

「如果可以的話，我想當面說。當然，不方便的話，我也可以用ＬＩＮＥ跟妳說。」

她思前想後，今天的狀態也不適合馬上回家。

「你在哪裡？」

「我們約上次那間酒吧？」

於是趙子喬叫了計程車，往酒吧的方向奔去。

她抵達酒吧時，看見韓衍一個人坐在角落的位置，他看起來有些垂頭喪氣，桌上放著一杯酒。

「怎麼回事？你看起來不太好。」趙子喬嘆氣走到他身邊，拉開椅子坐下。

「因爲妳太久了。」韓衍劈頭就這麼說，連頭都沒有抬起來。「不對，是我等不及了。」

「什麼意思？」她注意到韓衍的臉頰紅潤，看起來不只喝了一杯酒。

「我前幾天故意告訴羅允芝我要加班，結果他們又見面了。」

趙子喬一愣，腦海中快速回想這幾天的事……當她忙著寫稿的時候，楚煜函的確也有幾天有case沒錯，但是她事後都有確認過楚煜函的行蹤，的確是去上班啊。

「他們約在百貨公司見面，看起來是利用妳老公工作結束後的時間。」韓衍失笑，將杯中的威士忌一飲而盡，「他們還眞會善用時間哪，妳老公是怎麼回事？這麼急著想上我女友嗎？」

這話讓趙子喬也不高興了，「怎麼不說說你女友？都有男友了，還趁男友加班與舊情人見面？」

「妳老公結婚了，罪比較大。」

「什麼罪比較大？你知道我可以告你女友破壞他人家庭嗎？」

兩個人之間劍拔弩張，怒目而視。

「我喜歡妳這樣反駁我的態度。」韓衍態度先放軟了，「對不起。」

「我喜歡你主動示好。」趙子喬也如此回應，「我也對不起。」

兩人之間的氣氛和緩許多，給彼此一個無奈的笑。

「我想……我們可以告訴他們了。」趙子喬下定決心，「我會告訴楚煜函，因為家裡有事情，我要回娘家幾天。」

「……什麼時候？」

「下個週末。我看過了，那時候楚煜函沒有排工作。」趙子喬咬著下唇。

「那我也告訴她，我那幾天要回家。」韓衍說完，又跟服務生點了一杯酒。

「你這樣滿身酒氣回家，不會被懷疑嗎？」

「我想，她沒心思懷疑我。」韓衍垂下眼，「如果她還愛我，我會無條件不聞不問，裝傻一輩子。」

「她愛你卻背叛你，這樣也可以？」

「我……或許是個傻子吧。」這段日子以來，韓衍第一次露出了脆弱的一面。

「我喜歡你的癡情。」趙子喬低聲說。

「我喜歡妳的溫柔理解。」韓衍回應。

幾天後，當趙子喬告訴楚煜函她必須在下週末回家一趟時，楚煜函先是說：

「那我們一起回去吧。」

「我自己回去就可以了，你難得週末沒有工作，在家休息吧。」趙子喬笑著說，楚煜函思考了一下便同意。

然後又過了幾天，她收到了韓衍的訊息，表示也已經告訴羅允芝一樣的事情，羅允芝也不會跟他回家。

「其實我多少有點期待她會跟我說要和我一起回去。」韓衍的訊息如此寫著，「還對她保有期望，會不會最後我也是會失望？」

「如果他們兩個在多年後發現彼此是眞愛的話，那我們就成全他們吧。」趙子喬如此回應。

「是啊，這不就是我們測試的目的嗎？」

韓衍雖然回了大笑的貼圖，但趙子喬忘不了那天在酒吧中，韓衍那欲哭無淚的模樣。

❧

韓衍再次踏入酒吧，今夜天氣偏涼，他穿了件薄長外套，一旁的服務生前來接過外套，掛上了後頭的衣架。

他目光掃過酒吧，毫不意外地，趙子喬一樣坐在角落。

他遲疑了一下，明白兩人或許等一下都會哭泣，所以才選角落位置，不過這就是他們在等待的不是嗎？

他上前，帥氣挺拔的外型吸引了酒吧裡其他女人的目光，但韓衍注意到的是，酒吧內的許多男人都注意著坐在角落的趙子喬。

明明他們兩人的外型都還能吸引異性的目光，明明他們該充滿自信的，爲什麼會被伴侶背叛？被伴侶背叛就能讓他們否定全部的自己，甚至喪失信心，這又是爲什麼？

理性與感性的衝突讓他們陷入了自怨自艾的漩渦中，卻又無法與他人傾訴，所以他們才會在這裡。

「嘿。」韓衍開口，趙子喬抬起頭，虛弱地微笑著，看起來有些憔悴。他坐到了她的對面，「今天怎麼沒有選擇吧臺？」

「想說角落好。」她苦笑了一下，還有力氣開玩笑，「畢竟你太受歡迎了，躲在角落，才不會被其他女人注視。」

「我想妳也沒注意到有多少男人看著妳吧？」韓衍說著剛才所見。

「哈哈，少來了。」趙子喬一笑，她對自己的外貌有一定程度的肯定，但楚煜函的事情還是讓她失去了自信。

她有好幾次想問韓衍，能不能讓她看羅允芝的照片？

又或是問問韓衍，自己和羅允芝誰比較漂亮？

她當然知道比較是沒有意義的，但身爲女人，第一件事不可避免就會想這個。面對自己內心各種小劇場，她感到厭惡又煩悶。她討厭這樣的自己，也討厭躊躇不安的自己，更討厭無能爲力的自己。

「連我自己都不喜歡現在的自己了，別人怎麼會喜歡我？」最後她只能自嘲。

「我啊，」韓衍說，「我喜歡妳。」

「是嗎？謝謝你。」趙子喬微笑道。是啊，怎麼忘記最重要的事情了呢？「我也喜歡你。」

韓衍瞇眼，露出讚許的表情。

「是呀，我們得互相喜歡。」他朝服務生招手，熟練地點上了兩杯酒。「這樣我們才不會崩潰。」

「楚煜函不在家。他臨時告訴我，要去新竹工作。」趙子喬拿出手機，把楚煜函的訊息給韓衍看。

「妳回覆得很簡短呢。」韓衍見她只回了一個「好」字。

「我怕多說一個字就會忍不住說出眞心話。」她扯了下嘴角，「我甚至還相信，他眞的是去工作……」

「羅允芝也跟我說她會在家休息，所以我也相信她會在家。」韓衍說道，這時服務生端上了酒，「但我過來這裡前，回家看過了。」

「我也查過了他的工作表。」

「妳用什麼方式查？」

「他的工作表都會寫在行事曆，我前陣子偶然發現，它會同步到電腦裡。他的確是去新竹工作，但是禮拜天晚上，可是他跟我說是六日兩天。」

韓衍聽完，把酒杯推到趙子喬面前，「我們先乾一杯吧？」

「羅允芝也收拾行李奔向愛了是嗎？」趙子喬將酒杯放在唇前。

「家裡空無一人。」韓衍苦笑。「她是什麼時候整理行李的？我都不知道她這麼善用時間。」

兩個人再次乾杯，趙子喬將調酒一口氣喝光。酒的味道從喉間直撲鼻腔，這些日子趙子喬已經很習慣酒的味道了。

「我原本還想跟蹤楚煜函……你知道他還給我看了臺北到新竹的高鐵車票嗎？但是在那個瞬間，我就想到你曾經說過，楚煜函告訴羅允芝我們還住在新竹的事情……我想，他會不會是跟羅允芝約在新竹上車呢？他小心謹慎做了個斷點，也能預防我眞的跟蹤他吧。」趙子喬食指滑著酒杯的上緣，想再點一杯酒。

「我其實跟蹤我女友了。」韓衍卻語出驚人，讓趙子喬瞪大了眼。「看不出來我會做這種事情吧？」

「看來你眞的很愛她。」趙子喬再次對韓衍刮目相看。

「是吧，沒遇到這種事情以前，我也不知道原來我這麼愛她。」韓衍喝了一口酒，「我看著她提著行李上了高鐵，我跟著她坐上了車廂，看著她在新竹與妳老公會合。」

趙子喬倒抽一口氣，「你……看見了？」

「不見棺材不掉淚，我不想發生任何誤會，所以我一定要親眼看見。」當他看見兩人在高鐵車廂會合後就換了車廂，在下一站下車回到臺北，他甚至連照片都沒有拍。「因爲無論最後我跟她的結局是什麼，我都不會用這件事情質問她。」

趙子喬再次驚訝，「你是說，你不會讓她知道你知道？」

「對，所以我不需要拍照。」韓衍瞇眼看著趙子喬，眼眶泛紅，「我想過了，雖然對妳很抱歉，但就算有照片我也不會交給妳，他們聊天的訊息我也不會給妳看，讓妳用來當作告她的證據。」

聽他這麼說，趙子喬非但沒有生氣，反而羨慕起羅允芝，「她怎麼會不知道你這麼愛她？」

「若沒這件事，或許我會一拖再拖，但經過了這件事，只要她還願意回到我身邊，那我一定馬上與她結婚。」

「我眞的不懂你的標準，照理來講，遇到這種事情應該是要分開。」趙子喬搖了搖頭。

「所以或許，愛情是需要比較與試煉後，才能知道什麼是眞正重要的吧。」韓衍將酒一口飲盡，「但還是很痛。」

「你能保證這一輩子……當你與她吵架時、覺得不值得時，不會把這件事情拿出來吵，或是拿來懲罰自己嗎？」

「不會，或許男人沒那麼多情緒吧。」

「或許是你太過愛她了。」趙子喬垂下眼，「你都看見他們見面且要一起去旅行了，無論目的地是哪裡，他們最終都會過夜的，對吧？」

「嗯，過夜的話，不可能什麼都不做吧？」

「很遺憾，我想說可以蓋棉被純聊天，又或是訂兩間房之類的……但那種事你相信嗎？」

「不信吧。」韓衍失笑，淒楚又悲傷。

但即使這樣，他依然選擇要等待羅允芝的回頭。

「羅允芝也很有可能不跟你分手，依舊和楚煜函往來。」

「要是這樣就糟了，但我想她不會這麼做的。」韓衍對羅允芝的信心用在奇怪的地方，「我想她會選出一個的。」

趙子喬覺得有些想吐，「我不太舒服，或許是你太奇怪了讓我反胃。」

「不是吧，妳應該要說，喜歡我的深情才是啊。」韓衍還有空開玩笑。

「我喜歡你的堅定。」趙子喬說，「你明白自己的優先順序，所以把其他令人難以接受的現實都放在最後，堅定不移，這點眞的很棒。」

「妳是在誇我嗎？」韓衍好奇。

「當然，我絕對是在誇你。」有一個能夠完全原諒自己的伴侶，這是多麼難得且可貴的事情。

這一刻，若她把楚煜函與羅允芝的事情拋諸腦後，她會衷心希望韓衍能得到幸福。她祈求羅允芝能明白，最好的人早就陪在身邊了。

「那妳呢？」韓衍反問。「現在我們確定了他們只要有機會就會見面，或許他們這段外遇關係會延續很長一段時間，妳會怎麼做？」

「你呢？你說你會無條件原諒她，但若她一直沒做出選擇呢？」

「我會求婚。」韓衍認眞說道，「逼她做出決定。」

「那、那我會……」趙子喬只覺得頭暈想吐，或許是酒喝得太快了，又或是當現實如此赤裸裸襲來時，她的身體產生了直接的作嘔反應。

「妳還好嗎？臉色很蒼白。」韓衍關心問道。

「沒有，我只是……」忽然，她的手機傳出收到訊息聲響，她看了一下，發現是胤民傳來的。

子喬，我猶豫萬分才傳了這封信，妳可千萬別出賣我。

基於同是女人的立場，我認爲妳該知道這件事情，否則我不會出賣朋友的……楚煜函今天帶著別的女人在臺南，看起來不太單純。

這訊息五分鐘後我會收回，妳沒看到就是天意。

結果她才一點開，胤民馬上收回。

趙子喬不讓他爲難，所以並沒有回應，胤民估計也明白這點，這聊天便無聲地結束了。

「他們在臺南。」她直接對韓衍說道，「好死不死被我們共同的朋友看見了。」

「是喔，臺南……臺南啊……」韓衍搖頭，「我不去想他們晚上會做什麼，我們不醉不歸吧？」

「不了，我要用最清醒的模樣好好感受這份悲傷，記得這份疼痛。」趙子喬起身，「等楚煜函明天回來，我就會跟他談離婚。」

「妳要用什麼理由？」

「沒有任何理由。他應該要心知肚明，所以我不會明說。」趙子喬難受地笑了笑，「我猜今天是我們最後一次見面了吧？」

「不會是最後一次見面，畢竟我是眞的想找妳合作一些產品團購或業配。」韓衍起身，「但用這樣的身分見面，今天是最後一次了。」

「嗯，」趙子喬伸出手，與韓衍交握，「我由衷希望你能得到想要的幸福。」

「妳也是。別忘了，在我們最狼狽不堪的此刻，都還有一個我們喜歡著我們。」

聽到他這樣說，趙子喬眞心笑起來。雖然這樣說有點奇怪，但是楚煜函外遇對象的伴侶是這樣的人眞是太好了。

忽然，韓衍張開雙臂，趙子喬有些困惑。

「是我想的那個意思嗎？」

「今晚我們都需要一個擁抱。」韓衍說。

趙子喬一笑，嘴角才剛上揚，眼淚就掉了下來。

她投入了韓衍的懷抱，溫暖又炙熱，也帶著許多傷感與痛苦。這是嚴寒中的一點火光，不能治癒全身凍傷，至少能保有新的熱度。

「謝謝你。」趙子喬在他懷中哭泣著小聲說。

韓衍的大手拍著她的背，像是安撫小動物般溫柔拍著。

「我也要謝謝妳。」

兩個人相視而笑，眼眶皆含淚。

在酒吧道別後，趙子喬站在馬路上等著計程車，回頭看見許多打扮得花枝招展的年輕男女正準備進去夜店，更有許多喝醉酒的男女坐在路旁。

這種感覺眞是久違了。在沒有和楚煜函談戀愛以前，她也曾經和虞又琳這樣到處玩樂。

她都忘記這種自由的夜晚了，她抬頭看著漆黑的天，在城市的夜晚見不到繁星，卻霓虹萬起。

她又感覺想吐，突然想起，她上次來月經是多久以前了？

一邊懷抱著不可能的想法，一邊回到家中立刻拿起了驗孕棒。

這是第一次，她希望看見的是一條線，然而卻出現了兩條線。

她忍不住笑了，大笑出聲，在浴室裡笑個不停。

笑著笑著，眼淚再次滑落。

她說得瀟灑，說得好像她一定能夠離開楚煜函。

但是她的心一直都在猶豫，在韓衍如此坦然承認自己愛著羅允芝，愛到願意原諒她的出軌，趙子喬才明白自己或許也是一樣。

她也很愛楚煜函，才願意這麼年輕就嫁給他，才願意與他搬去新竹又搬回臺北，也才會願意爲了他想要孩子而這麼努力。

然而，無論怎麼樣也懷不上的孩子，在這個節骨眼出現了。

她的肚子裡有了一個生命，而在這個瞬間，她第一個想到的是……怎麼辦？這些日子她喝了這麼多的酒。

她第一個想的，不是楚煜函，而是孩子的健康。

趙子喬站了起來，在洗手臺前擦乾了淚水。

她想要給孩子什麼樣的未來？她想樹立給孩子看的是什麼榜樣？

別人是爲了孩子所以不選擇離婚，而她在這一刻下定了決心，爲了孩子，她一定要離婚。

第九章

在楚煜函「工作」回來的那一夜，趙子喬已經坐在客廳等了他好一陣子。

見到趙子喬穿著漂亮的洋裝與畫著全妝的模樣，楚煜函只是放好了鑰匙，問：「妳也剛回來嗎？」

「沒有，我沒出門。」趙子喬喝了一口水，手比了一下餐桌上的紙張，「簽個名吧。」

「簽什麼名？」楚煜函疑惑地脫掉鞋子，走到餐桌邊，這才看清楚是張離婚協議書，「這是什麼意思？」

「不是很清楚嗎？離婚協議書。簽名吧，我們明天拿去戶政事務所登記。」

「妳是在發什麼瘋？」楚煜函皺眉。

看看，多理直氣壯的表情，但要是仔細瞧，還是能看到他一點心虛。

「我為什麼要提離婚，你自己很清楚。」趙子喬看著他，輕淺地笑，「你去了哪裡？」

「我？我去工作……該不會是胤民跟妳亂講什麼吧？我就知道他會誤會，那個是我的模特兒，因為臨時改點去了臺南，所以才會在那裡遇見……」

這些謊言說得多麼行雲流水。她從來不知道，自己那宛如大狗般溫暖無害的老公，撒起謊來是多麼不害臊。

他們結婚四年多了，原來自己一直以來都不認識這同床共枕的男人。

「我不知道你在講什麼，難道胤民該告訴我什麼嗎？」趙子喬冷笑，這讓楚煜函閉上了嘴，「我有多少讀者？我雖然沒有公布過你的長相，但是跟我交情要好的讀者都知道你的模樣，你知道我的讀者遍佈臺灣各地嗎？你去約會、開房、吃飯，難道都沒想過會遇見認識你也認識我，而你卻不認識的讀者嗎？」

「……」

楚煜函沒有說話，他面無表情地聽著，好像現在趙子喬是在無端找事。

「說話啊。」趙子喬說。

「妳要我說什麼？妳不是比較相信讀者嗎？」

趙子喬忍不住「哈」地一聲笑了出來，她簡直不敢相信自己聽見了什麼。無法解釋的時候，就用這種擺爛的方式，像是把錯誤推回她身上。

「楚煜函，敢跟羅允芝外遇就要敢作敢當。」她直接搬出了對方的名字，這終於使楚煜函的表情微變。

「妳偷看我的手機嗎？」

「所以你現在承認了嗎？」趙子喬問，但這並不是她想要的局面，「算了、算了，我沒有要吵什麼，簽字吧。」

「我不會簽字，妳是以爲我跟那個什麼羅允芝的外遇嗎？因爲這樣要離婚？」

「我有沒有以爲，你自己知道，我眞的不想跟你爭。」趙子喬覺得頭好暈，她又再次喝了口水，「不要逼我去找羅允芝，也不要逼我去找羅允芝的男友。你不會知道我有多少人脈，也不會知道我掌握了多少事情。」

「……」楚煜函看著桌上的離婚協議書，又看了看坐在沙發上的趙子喬，「對不起，我不該跟她出去。但是我保證，我們什麼都沒發生，她是我高中時代的女朋友，我眞的……」

原先還一直在狡辯的楚煜函，此刻臉上的面具瓦解。

「我只是、只是想知道當初爲什麼分手，也想知道沒有了我她過得怎麼樣，是很幸福還是後悔了？我只是有點糊塗了，才會想要……」他哽咽般地說。

「不用了，楚煜函，我不想知道你的遺憾。」趙子喬握緊拳頭，「你結婚了。你如果有遺憾，你老實跟我說想跟以前的女友敘舊吃飯，我不會阻止你，但是你選擇了另一種方式，而我相信你們不只是吃飯。你既然選擇要了結你的遺憾，那你就得爲你的選擇負責。」

「我不是故意的，我也不知道我爲什麼要那麼做。對不起，我很愛妳啊，我從來沒有想過要離開妳。」

「這些話對我來說比廢話還不如。我已經鐵了心了，楚煜函，簽字吧。」趙子喬感覺全身都在顫抖，她的牙齒打顫，體溫升高，呼吸急促。

「妳爲什麼能說得這麼冷靜？」楚煜函恍然大悟，「還是妳有了外遇？難道妳以爲我都沒發現，妳這段時間跟一個叫作韓衍的男人在聊天嗎？」

聽到他喊出韓衍的名字，趙子喬知道，他一定不曉得韓衍是誰，也沒看過他們的聊天內容，因爲她會定期刪掉。或許楚煜函只看見韓衍的聊天框在那，但是沒仔細看過內容吧，又或是，只是從旁邊瞄到而已。

但不管怎樣，他提出韓衍的名字還眞是諷刺啊。

「我原諒妳，無論妳和韓衍有過什麼我都原諒。所以求求妳，不要離開我好嗎？」

多麼諷刺啊！她羡慕著能原諒羅允芝一切的韓衍，現在降臨到自己身上了。楚煜函無論她跟韓衍做過什麼都會原諒她是嗎？趙子喬感覺像是從夢中醒來了一般，在這瞬間，她對楚煜函的愛完全消失得無影無蹤了。

她明白自己的確深愛過他，但這段日子的躊躇其實並不是在等楚煜函回頭，也不是在等楚煜函眞正的外遇，而是在等自己眞正的放下與清醒。

她所等待的，一直都是自己。

她終於露出了釋然的笑容，一切都撥雲見日，像是壞運與陰霾都在這一刻消散了。

「楚煜函，你說我很冷靜是因爲我外遇了，對吧？」趙子喬站起身，帶著笑容，雙眼直勾勾盯著他，「你知道我度過了多少痛苦與自我懷疑的日子嗎？你知道我這段日子一直裝作什麼都不知道，不斷對你演戲裝傻微笑，對你抱有期望，希望你不會背叛我，但我最後得到的是什麼？跟你說一句我要回娘家，你就巴不得馬上找她過夜？你們兩個怎麼不乾脆就在一起，我可以成全啊！你難道沒有想過，我是眞的很想殺了你們兩個嗎？你們的愛情這麼偉大嗎？遺憾這麼重要嗎？那就請你爲此行爲負上責任！」趙子喬朝他大吼，這是這些日子來她第一次如此失態。

一直維持著善良大度的模樣，她眞的好累。她沒有韓衍這麼偉大，她現在更要顧著肚子裡的小孩。

爲了孩子的身心健康，她得走出這段有毒的婚姻。

唯有她好過了，她的孩子才會好過。

「而你唯一要負的責任僅僅只是跟我離婚罷了，我什麼都不會跟你要。」她下意識地摸上肚子，「我們，都不需要你。」

楚煜函從那個動作裡明白了趙子喬的決心，還有肚子裡的新生命。

「妳……妳懷孕了？」楚煜函先是愣住，接著說出了最不可饒恕的話：「是我的嗎？」

趙子喬冷笑一聲，「不是，你什麼都不是。」

楚煜函從未見過趙子喬露出那樣的表情，原來一個人愛不愛你、心不心死，從眼睛都能看得出來。

「我不是那個意思，對不起、對不起，子喬，拜託妳原諒我，我不能沒有你們，沒有你們我會死的。」

「楚煜函，我拜託你，我眞的、眞的沒有力氣跟你吵這些。你不簽字也行，我上法院訴請離婚，我們可以花很長的時間打官司，你覺得這樣對懷孕中的我眞的好嗎？如果你眞心愛著我和我的孩子，簽字就是你最好表達愛的方式了。」

「我不會簽名，我絕對不會簽名！」楚煜函垂死掙扎。

「那就隨便你吧。」趙子喬冷聲說，走回房間，拉出一個行李箱。

「妳要去哪裡？」楚煜函看著那個行李箱，這才明白爲什麼趙子喬穿著外出服。「妳要回娘家？」

「不，回娘家會讓你太難堪。我雖然很想殺了你，但我的理智還在，再怎麼樣你都是孩子的爸爸。」趙子喬深吸一口氣，再次吐氣。「拜託，讓我們用成熟的方式解決這件事情。」

楚煜函只是搖頭，瘋狂搖頭，「我不要、我不要，妳不要離開我……」

趙子喬不想哭，她忍著眼淚，不願意掉落。

「我要去虞又琳那邊，你也自己冷靜好好想一想。」趙子喬顫抖著聲說，「我這輩子都不可能原諒你，就算一時心軟繼續這段婚姻，但每當你晚歸、出差，我都會想著你是不是又去見羅允芝了。就算你痛改前非，到死都不會再犯，但每當我們吵架或是我心情不好，我一定又會想起這件事情，翻出來跟你吵。一開始你或許會因爲內疚與理虧聽我發瘋，但時間久了、次數多了，我就成爲翻舊帳的人。」

「我……我不會……」

「楚煜函，這件事情在我心裡不會過去，它永遠都會是我內心的癌，無論怎樣都會擴散，這是沒有任何特效藥可醫治的。」趙子喬最終還是掉下了淚，她說得冷靜，身體卻顫抖不已，她的牙齒打顫得就像身處零度低溫，「只要我們還在一起，這件事情就注定成爲我們之間的癌。」

「我……我……」楚煜函說不出任何話。

「求求你，如果愛我，就放過我吧。」趙子喬哀求，在楚煜函面色蒼白無法做反應情況之下，離開了這個「家」。

雖然還沒簽字，但是當她拖著行李箱踏入街道，她的世界感覺豁然開朗，她感覺終於可以好好呼吸了。

她打了通電話給虞又琳，對方很快接起來，背景聲音非常熱鬧，感覺正在吃飯聚會。

「抱歉，打擾妳了，我只是……」話沒說完，她已經哽咽無法出聲。

「等一下，妳在哭嗎？」沒料到虞又琳敏銳地發現了那細微的聲音，「怎麼了？妳人在哪裡？妳安全嗎？」

告訴了她自己身在何方，虞又琳立刻二話不說：「我馬上到。」

這句話如此可靠又令人安心，讓她墜落的心再次被接住。當虞又琳在二十分鐘後表情焦急地出現時，趙子喬忍不住崩潰大哭，讓自己最脆弱的模樣呈現在好朋友面前。

聽完了一切後，虞又琳表情眞摯地到廚房拿了把刀，「我現在去殺了他吧？」偏激又認眞的模樣，讓趙子喬笑了起來。

「不用了，不需要爲我做任何事。」

「我忍不下這口氣啊！」虞又琳哭了起來，放下了刀，心疼地抱住她。

「幫朋友出氣這種事有心就好，我們都是大人了，就成熟地解決吧。」趙子喬將虞又琳的手放到自己的肚子上，「我可不希望這孩子的乾媽殺人未遂被關起來啊。」

虞又琳瞪大了眼，「妳懷孕了？」

「是啊。」

「等、等一下，這樣妳還是決定離婚？或是說，還是決定生下來？」

「我生孩子和離婚這兩件事情並不衝突。」趙子喬堅定地說，「我一個人也可以帶好孩子。」

「但是……但是，妳這樣一個人的話，孩子會……」

虞又琳似乎在斟酌用詞，但趙子喬明白她要說什麼。

「孩子不會是我的累贅。」即使還沒眞正成爲母親，但趙子喬卻覺得能夠理解劉忠瑋的話了，「這不是犧牲。」

虞又琳因她這番話而感動，雖然不能理解，但還是握住她的手，「無論妳的決定是什麼我都會支持妳的，還是我乾脆去考保母證照？這樣子也能幫妳，未來如果我失業了還有這個副業。」

虞又琳人生正處於全勝狀態，所以她的思考積極又正面，這無疑拯救了此刻的趙子喬。

她抱住她，「謝謝妳。」

短短的時間，就跟兩個人說了感謝，只是她和韓衍的事情永遠都是祕密。

她不知道楚熤函一個人的時候想了些什麼，她沒有和他聯絡，連家都沒有回。

但還沒到下個週末，楚熤函便傳了訊息過來。

其實訊息的內容不看也罷，落落長，全是懊悔與道歉，這些東西在不愛了之後，一點都不重要了。

不過最後一句是，他同意離婚了。

是我親手毀了我們的家庭，對不起。

請妳讓我盡最微薄的力量，有關孩子的一切，讓我來支付。

如果可以，我也希望能一起產檢、找月子中心，一起照顧孩子。

拜託，讓我做這些事吧。

說實在的，她萬分不想，如果可以，她希望能永遠與楚熤函切割。

但是考量了現實因素，還有也不該剝奪孩子與爸爸相處的權利，趙子喬還是沒把話說死。

就這樣，他們簽字離婚了。

簽字的那一天，楚煜函掉下了眼淚。

意外的，她的心還是感受到了疼痛。可是她不去看，也裝作沒有發現，離開戶政事務所的時候只說了句「保重」。

「那間房子整理一下，我會賣掉。在你找到租屋處前就先住在裡面吧，我會回我家。」趙子喬用彷彿處理公事般的口吻說，與楚煜函哀淒的模樣完全相反。

「妳現在……閃閃發光呢，就跟我第一次見到妳時一樣。」他輕聲說，「是我扼殺了妳的光芒，妳跟我在一起後……再也沒有這樣過了。」

趙子喬一愣，看著眼前的楚煜函。是啊，他是犯錯了，也後悔了，而她的傷口依舊沒有癒合，可是她已經離開了。

「楚煜函，和你在一起這些年我很開心，我從來沒有覺得自己犧牲了什麼。」

趙子喬伸出了手。或許這樣的行爲有點傻，可是沒有了愛情也結束了婚姻後，他們依舊是孩子的父母，他們的關係良好，也才能給孩子健全的「家庭」啊。

「所以你的愧疚就到這吧，從今以後，這件事就別再提了。」趙子喬露出了笑，雖然不容易，但她還是希望這段關係結束時，兩個人至少別哭喪著臉。

楚煜函愣了下，才握上了趙子喬的手，他的眼淚還是撲簌簌地掉落，「對不起……」

「好了啦！」趙子喬笑著說。

她沒想過，她還能這樣笑出來。

撫摸上了肚子，或許是因爲有了這個孩子，她才能這麼堅強。

那天，她傳了訊息給韓衍，告訴他自己離婚了。

韓衍已讀後，傳了恭喜的貼圖，然後說：「我要結婚了。」

趙子喬微睜大了眼，然後也回傳了恭喜的貼圖。

已讀，但是沒有回應。

他們的關係停在這裡，是一件很美好的事情。

當她獨自在產檢中聽見胎兒的心跳時，她掉下了眼淚。

她的人生至此之後不再是她自己的，她的生命中從此多了一個永遠的美好奇蹟。後來幾次產檢，楚煜函也有陪同，他們一同得知胎兒的性別是女孩，楚煜函先是驚喜萬分，接著捂嘴哭到不能自己。

對此，趙子喬只有悵然。

同時她的心難免還是有一點點遺憾。

但是她永遠不會後悔自己的選擇。

接下來的時光，她過得相當自在舒服，所有的大小事情只需自己決定，包含月子中心、生產方式、生產時間、彌月禮、補品等等，而這一切只需要告知楚煜函，他則會匯入費用。

與楚煜函離婚半年之後，趙子喬發了一篇文，告知讀者她離婚了，但孩子即將要出生了。

夫妻不再是夫妻，但還是孩子的父母。

以前聽到這句話會覺得十分可笑，現在卻覺得這也是不在的那一方對孩子僅剩的親情了。

所以，她發誓，當孩子出生後，她會完全拋下對楚煜函的愛恨糾葛，讓孩子明白她的母親曾經如此勇敢離開一段有毒的關係。同時也要讓孩子明白，父親與母親都是愛她的，父母離婚對她而言，其實就是最好的愛。

她當然不會提及是楚煜函的錯誤導致他們離婚，這是她最後的溫柔。不過，她倒是把羅允芝的名字寫在即將出版的小說之中，角色還是個壞女人呢。

韓衍不知道會不會看她的小說？看到了之後，會不會覺得很無言呢？

但是她相信，楚煜函會看到的。

那他就會明白，自己曾經多麼痛苦了。

她的發文得到讀者們的加油打氣，那則離婚貼文遠比當初結婚貼文的流量還要高上一倍之多，果然人們還是喜歡悲劇結尾呢。

不過，這是壞結局嗎？

她的心明明如此快樂又自在，怎麼會是壞結局呢？

再來的日子依舊充實，她寫作、運動、休息、產檢。在預產期到來前，他們成功賣掉了房子，那些金額償還貸款後，還有幾百萬，這讓趙子喬鬆了一口氣。

「寶貝，妳帶財呢。」她笑著撫摸肚子，而胎兒也用拳頭滑過了肚皮，表示與媽媽心心相印。

孩子出生的那天，剛好就是預產期當天，當她感受到產兆前往醫院時，虞又琳急忙趕來。

「妳幹麼來啊？今天不是妳的固定直播日嗎？」趙子喬皺眉。

「我是乾媽，當然得來了！」虞又琳紅了眼眶，「現在會很痛嗎？」

「還好，穩定陣痛中。」趙子喬笑著說。痛，就是活著的證明。

哪有生命不經歷疼痛？

「妳的手機好像有人傳訊息來耶，要看嗎？」

虞又琳把放在床頭櫃的手機交給她，看見訊息，趙子喬些微睜大了眼。

我最近才發現，高三畢業時，妳給我的那本小說中的最後一句話別有深意。

我當年一直以爲那是結局的一句話，可是仔細想想，通篇文章都是用油性原子筆所寫，只有那段話以及妳的MAIL帳號是用水性原子筆。

我想跟妳說，妳不是不起眼的女孩。

在我的璀璨人生中，妳是最耀眼的存在。

無論以前，還是現在。

所以只要妳需要我，無論什麼時候，我都會前來。

她簡直不敢相信，霍易碩在四年後傳了訊息給她。

學長，謝謝你。

但我的肚子裡有另一個生命，在未來很長一段時光，我都會以她為重。

她回應訊息，同時感受到宮縮得更快且疼痛。

「妳幫我去跟護理師說，可以打減痛針了。」

「好！我馬上去。」虞又琳像是領旨般敬禮，馬上衝了出去。

我知道，我說過我是妳的粉絲，妳的發文我都有看。

或許我該改一下說詞：不是妳需要我，而是我需要妳。

霍易碩的訊息再次傳來。

趙子喬在手機前笑著笑著，眼淚就流了下來。

她這輩子何其有幸，所遇見的一切事物都如此令人感恩。
她有會為她的遭遇而生氣落淚的朋友，也有同病相憐的密友，也有過相愛的丈夫，還有了一個奇蹟的生命，更有發展穩定的事業。
她不會怨恨痛苦的遭遇，因為一切都有其意義。
如果她的人生只是一部小說，那她覺得自己寫得還算好看。

知道了，學長。
那我先去生小孩，生完了再聯絡。

她回覆了訊息，嘴角輕揚。
她的故事，還沒有結局。
現在才正要開始。
生命，永遠沒有終結。

——全文完

【番外】之後的以後

他看著趙子喬傳來的照片，裡頭的女嬰臉蛋小得像麻糬，皺皺的，模樣看起來就是他與趙子喬的綜合版。

好可愛，好漂亮。

謝謝妳每天傳照片給我。

他打上這樣的訊息，雖然還想寫更多，但無論說什麼話都不適宜。

趙子喬如同她自己所說的，歡迎他隨時探視，但是他很有自覺，現在趙子喬最需要的是休息，他的身分並不適合隨時待在趙子喬身邊。

他唯一能做的，除了無條件提供金錢支援外，就是另外請了個到宅保母幫忙照顧趙子喬和寶寶。

雖然有趙子喬的保證，說這個孩子絕對會和他保有良好的互動與親情，可是他還是無法消除內心的不安。

他總覺得，這個孩子永遠無法跟他眞正親近，只要沒有住在一起，對這孩子來說，爸爸不過只是一個稱呼罷了。

如果早知道是這樣，他死都不會那麼做。

這不光是因爲孩子，就算沒有孩子，他也從沒想過有一天會和趙子喬分開。

在最初，他一點想外遇的意思都沒有。

他的確對羅允芝有強烈的愛慕之心，但那都是過往的事情了，在他的認知裡，他甚至是被羅允芝劈腿拋棄的。

那時候他痛苦也難過，甚至認爲自己再也不會愛上其他人。

有好長一段時間，羅允芝都是他心中無法忘懷的女神。他永遠忘不了高中第一次見到羅允芝時，那彷彿被雷電擊中的瞬間，她就站在光芒之中，閃亮得世界一切都黯淡無光，能與羅允芝交往的每一天都是夢境。

他曾經多有自信，可是在閃閃發亮的羅允芝面前，他覺得自己完全配不上她。他總認爲羅允芝是即將展翅的鳥，總有一天會翺翔天空，丟下他這隻假裝成鳥的飛魚。

分手之後，他還是一直偷偷關注羅允芝的一切，但羅允芝無論與誰交往，她的發文都只有生活周遭的小事物，連自拍都很少。不過，爲了能更加安心地追蹤羅允芝，他還辦了一個分身帳號，以防哪天不小心按到讚被發現。但隨著日子過去，羅允芝的臉書發文逐漸設爲僅限好友，就連ＩＧ也都鎖起來了。

他失去了窺探羅允芝生活的唯一方式，那分身小帳也就擱著沒再使用了。無法關注她之後，他逐漸覺得過往的一切成爲了青春的回憶，有時候就連青春都離自己好遙遠。

不過，他依舊時常想起羅允芝，常常遇到事情就會在內心喃喃羅允芝的名字，這已經變成一種習慣。

直到他遇見了趙子喬，她閃耀又自信的模樣讓他想起了當年站在臺上的羅允芝，那一瞬他的心瘋狂跳動，憶起了當年一見鍾情的那種怦然。

趙子喬與羅允芝的外表一點都不相像，但是散發的自信與活力是一樣的，所以他對趙子喬發起了強烈追求攻勢，最初的確是因爲她讓他想起了羅允芝而追求，但隨著他對趙子喬的了解加深，他逐漸對她傾心。

趙子喬一直以爲他只看過她兩本書，但其實他眞正認識趙子喬後，就開始偷偷看她每一本書、每一次訪談與每一篇發文。

就算離婚後，他都還維持這個習慣。

爲什麼不讓趙子喬知道？是因爲她曾經在一次專訪中提到，她不希望身邊親近的朋友閱讀她的小說，那會令她很害羞。

「人與人之間，有時候隔著一層面紗才更有吸引力。假設我的讀者太過認識眞實的我，那對我的作品就會逐漸喪失興趣，同樣的，當我身邊的親朋好友看了我的小說，會見到我不曾表現在他們面前的另一種面貌，這會讓我覺得自己很赤裸，同時在創作上更爲彆扭。因爲我寫的是愛情故事啊，總有種自己的愛情觀被他人看透了的感覺。」

他永遠記得自己看見這個訪談後，感覺更深層地了解趙子喬這個人。透過她的文字與小說，明白了她腦中的創意；觀賞了她過往的每個發文，還有她曾經公開的訪談，感受到她的成長與努力。

他愛著趙子喬，不是因爲她讓他想起了羅允芝，而是在了解她的本質之後，無可救藥地被她吸引。

然而爲什麼，他還是選擇聯繫羅允芝呢？

明明他和趙子喬的感情沒有問題，穩定又相愛，他從來不知道自己會在和伴侶感情沒有問題的時候，又聯繫上了舊情人。

但或許就是因爲感情沒有問題，他才認爲可以與過往的遺憾對象聯繫。他只想問羅允芝，爲什麼當初要拋棄自己？也想酸一下羅允芝太沒眼光了，不過也因爲這樣他才能遇見趙子喬，所以他很幸福。

最初，他眞的只是這樣想罷了。

所以他才傳了訊息給羅允芝，可是當他從羅允芝的字裡行間感受到了不同，羅允芝不再是當初的羅允芝了，變得沒有自信、畏畏縮縮，說實話，那個瞬間他是有點高興的，畢竟曾經劈腿又拋棄自己，她過得不好的話總有種報應不爽的感覺。不過，下一秒他馬上有些擔心，過往曾經相愛，他還是不希望她過得不好。

於是就這樣頻繁往來，興起了想見面的念頭，念頭成爲了發出邀請的衝動，衝動成就了往後的再次心動，心動後的激情一發不可收拾。

尤其，他明白了當初的劈腿是場誤會，羅允芝當年是深愛自己的，是自己放棄了，那種激情更甚。

他面對羅允芝時，每個時刻都是眞心的，但是結束後他又非常後悔，他明明深愛著趙子喬，爲什麼還會這麼做呢？

他自己都不知道爲什麼。

然而他隱約覺得，羅允芝多少知道自己不是單身，因他下班後不回訊息、明顯是小帳的帳號、幾乎不提自己的事情等等。

或許是因爲羅允芝也不是單身，所以才沒有問過他吧。又或是，不詢問的悖德感比較刺激？

他眞的不知道。

而當趙子喬忽然說起要回娘家一趟時，他覺得跟羅允芝的聯繫也該告一個段落了，但他希望能去臺南，希望能夠在曾經美好的回憶之處留下完美句點，結束多年的遺憾。

但人是很會欺騙自己的，無論他在內心說了多少次自己也不知道爲什麼要那麼做、自己很愛趙子喬、自己一點都沒想過要跟羅允芝發生什麼……但是他所做的一切選擇，都是導向外遇這條路。

當趙子喬提出離婚時，他知道她是認眞的。

愛不愛一個人，對一個人萬念俱灰時，從她的雙眼都能看出來。

他要爲自己做的事情負責，也得承受後果。

他本來可以站在趙子喬身邊，抱著他們的女兒，是他親手毀了這個家，也葬送了本該幸福美滿的人生。

他不會逃避，但也不會放棄。

萬幸的是，離開他的趙子喬過得更好了，不禁讓他懷疑是不是自己折斷了趙子喬的翅膀？

或許他不合適與人相戀，因爲他總是會害對方無法飛翔。

他看著書架上的主打新書，毫不猶豫地拿起結帳，找了間咖啡廳翻閱。

趙子喬曾經在他們的家產出所有的故事，如今就連這些文字都離他好遙遠了。

忽地，他睜大眼睛，看見了熟悉的名字：羅允芝。

他忍不住笑出來，居然把羅允芝的名字寫進去，甚至還讓她當了壞女人。

笑著笑著，他眼眶逐漸紅了。

一直以來，趙子喬給他的，都是最大限度的寬容。

他這輩子所有的福氣都已經用來遇見趙子喬了，是他自己犯賤不懂珍惜，現在再怎麼後悔也沒有用了。

他唯一能做的，就是遠遠的關心。

不干擾趙子喬的生活，尊重她對小孩的教養。

或許在很久以後，他能擁有共享天倫之樂的一天。

他衷心期望著。

【番外】這些日子以來

不知道大家對於青春時代有什麼記憶？
如果只能憶起青春時的一個人，你想起的會是誰？
那個人現在還有聯絡嗎？是你曾經的朋友或是同學嗎？
還是，是曾經交往的對象？
又或是曾經喜歡卻不曾表白的那個，屬於你心中的祕密呢？

「易碩，這邊第三場需要改一下走位，還有這裡要加一場戲，看到時候效果如何……」副導將更新後的劇本交給他，霍易碩則一邊喝水一邊點頭。

「好，休息一下。」導演對大夥喊，特意走到霍易碩身邊豎起了拇指。

霍易碩親切地微笑點頭後，和自己的經紀人阿元離開現場，回到了休息室。

「累死了。」霍易碩攤倒在沙發上，把握時間閉目養神。

「等一下，先別睡，晚上還得去錄製節目，我們先來順一下流程。」阿元立刻把他挖起。

「我們已經順過好幾次了，我眞的很需要睡覺。」雖然這麼說，霍易碩還是拿起手機查看一下有沒有趙子喬的訊息，不過訊息很多，就是沒有他最想要的那則。所以他自己先傳了訊息過去，不過趙子喬並沒有馬上已讀，也是，帶小孩很累吧，比他拍戲還要忙。

「阿元，我之後的工作要減少，這點妳記得吧？」

「……我記得，所以我沒有接新的工作。」阿元有些悶悶不樂，「但是那個機會眞的很好耶，還能到日本拍戲，難道你不想拓展一下事業版圖嗎？」

「不了，我有很重要的事情。」霍易碩也不是沒有野心，但相比之下，他認爲這邊的事更重要。

「你再跟我講一次理由。」阿元瞇起眼。

「趙子喬生小孩了，我得花時間探望跟照顧她們。」霍易碩再次據實以告。

「我的天啊！易碩啊，她不是離婚了嗎？她自己帶孩子耶，你確定真的要跟她靠這麼近？」

「離婚了才可以靠近不是嗎？」霍易碩不懂阿元吶喊的緣由。

「不是啊！你有大好前程，何必要找一個離婚有孩子的女人？」

「妳這樣的說法政治不正確喔，離婚有孩子又怎麼了？」霍易碩開玩笑地說。

「你知道我的意思！但是這個……反正我覺得不妥！」阿元忍不住勸戒，「聽我的話沒錯啦！」

「我工作上的事情一律聽妳的。」霍易碩拿起手機，看見趙子喬回傳的嬰兒照片。明明不是自己的孩子，但因爲是趙子喬的孩子，所以連帶地他也覺得好可愛。

霍易碩看著手機傻笑的模樣，最好是不要給記者拍到，明眼人一瞧都知道事情不單純。

「霍易碩，你老實跟我講，不是你的介入對方才離婚的吧？」阿元憂心忡忡。

「我發誓，不是。我們有踩剎車好嗎？」

「我的老天，這句話讓我更擔心了。你們什麼時候進展到需要踩剎車的地步？」阿元大喊，急驚風的性格讓她白髮長了許多。

「阿元，我沒有做任何會毀損我形象的事情，放心。」霍易碩放下了手機，「只是這一次我不會再輕易放手罷了。」

「……有男人的魄力是很好，但是趙子喬的狀態你要想清楚欸。」阿元認真地說，讓霍易碩翻了個白眼。

「都說了，離婚帶小孩又怎樣？現在的社會……」

「我不是那個意思。」阿元認真無比地問：「你有辦法愛那個孩子嗎？視如己出的愛？」

「趙子喬和那個孩子是一體的。」

「那你有想過，假設有一天，你和趙子喬有了小孩呢？這是很現實的事情。」阿元表情眞摯，「你要想好這件事情。」

「阿元，妳好認眞。」霍易碩扯了一下嘴角，「我要是現在就自信滿滿地說『當然』，反而更可疑吧？」

「是啊，這表示你眞的有想清楚了？」霍易碩沒有回答，阿元嘆口氣，看了一下手錶，「我們該出去了。」

「嗯。」霍易碩走出了休息室，思考著阿元的話。

他知道孩子永遠是趙子喬的優先順位，如果他對孩子的愛是假裝的，趙子喬一定看得出來。

既然有了孩子，那趙子喬和前夫一定會頻繁往來，孩子也會在前夫與趙子喬之間周旋，那是他們永遠無法割捨的羈絆。

是啊，和一個離婚又有小孩的人在一起，是一件非常麻煩的事情。往後要面對的、要克服的有很多很多，這個孩子會長大，衝突會越來越多，不是自己的孩子，很多事情沒辦法隨心所欲。

霍易碩笑了出聲。原來自己真的離學生時代好久遠了，想要愛一個人，已經失去了過往只管喜歡與否這唯一條件，連帶的有許多現實因素需要考量。

要是他們真的在一起，趙子喬又會遭受多少他的粉絲的檢視呢？

但是……要是他不曾失去過趙子喬，如今他的心也不會這樣堅定吧。

趁著進到片場前，他再次傳了訊息給趙子喬：

週末方便的話，我帶些補品與尿布過去看妳吧？

「來喔，演員進場！」副導大喊。

霍易碩把手機交給了阿元，鏡頭一開，霍易碩馬上進入狀況，他是個天生的演員，同時他的內心深處卻想著，趙子喬會不會拒絕他？

他凡事總是有十足的信心和把握，唯有趙子喬，他永遠猜不透。

甚至孩子都還沒出生就選擇離婚也是眾說紛紜，普遍大家都認爲是前夫外遇了，但是趙子喬從來沒有回應過。

他想起趙子喬最新出版的書，裡頭講述的是青春時代的遺憾回頭找上門，而已非單身的主角該如何選擇，結局是主角選擇離婚，這和趙子喬的現實人生不是不謀而合嗎？

但趙子喬青春的遺憾是誰？

對霍易碩來說，趙子喬就是他青春的代表。

就算多年沒與她見面聯絡，一直以來趙子喬都是他的繆思，直至之後兩人停止聯絡，他還是一直想著她。

霍易碩甚至認爲，自己或許一輩子都不會戀愛了，只會一直想著她。

萬沒想到天助他也，雖然不該幸災樂禍，但上天又給了他一次機會，他絕對不會被其他現實因素打敗。

他一定會陪在趙子喬身邊，即便最後她依舊沒有選擇自己。

好啊，週末見。

這封回覆的訊息在他下戲之後才看見，為此，他手舞足蹈好一陣子，還引發了工作人員的討論呢。

【後記】我們等的人都是「自己」

大家好，很開心又可以在這裡與大家見面了。

現在大家還有習慣先偷看後記嗎？

記得往年我總是會先在後記提醒，這次後記有沒有雷，以防先看後記卻不小心被暴雷的讀者失去驚喜與受到驚嚇。

因爲有時候後記如果不聊劇情就沒什麼好寫的（這樣說好嗎？），後記很像是跟大家討論創作這本書的過程以及對這故事的感想。

但即便這樣講，有時候我也會覺得後記很難寫。不過相比後記，更難寫的是序，我只寫過幾次序，每一次都想破頭，哈哈。

OK，講這麼多就是要告訴大家，這次後記一樣會暴雷，而要特意提醒，那就表示有隱藏的伏筆跟梗啦！

不過其實也沒什麼，就是這本書的女主角趙子喬就是楚煜函的老婆。

不知道大家在看《我們仍未從那天離開》時，會不會覺得好像講得不清不楚？韓衍好像知道羅允芝的出軌卻又什麼都不講，還有這麼巧有兩邊都可以的過夜時間，以及楚煜函到底在想什麼，是不是對這些充滿了疑問？

《在結局前走失》便寫出了另一個視角。和韓衍不同的是，趙子喬與楚煜函是有婚姻關係的，在面對老公甚至還算不上是外遇的時候，趙子喬有多煎熬。

她是個成功的女人，有自己的事業與經濟能力，旁人看了一定都會說：「那就分開啊，又不是沒有能力。」可是離婚不是一件簡單的事情，應該說，離開一段關係從來都不是簡單的事情，尤其離婚跟情侶的分手又更不同。

況且，她內心深處無法相信那個曾經深愛自己的男人會做出這種事情，他甚至連徵兆都沒有，她在完全沒有心理準備的情況下得知了消息，這需要一段時間沉澱才行。

在最後，趙子喬她理解了每個人處理事情的步調不同，她在等的一直都不是楚煜函眞正外遇，也不是楚煜函道歉回頭，更不是楚煜函做了什麼選擇。她等的一直都是「自己」，等想通了的自己，等釋懷了的自己，等放下了的自己。

而跟現實不同的是，很多女人都是爲了孩子而選擇不離婚，趙子喬反而是發現懷孕了以後才下定決心。

一直以來想要孩子的都是楚煜函，趙子喬則像大多數的女性一樣，理性上知道自己的想法很重要，但行爲上還是會去順著另一半，可是，孩子卻在最不好，又或者說，最好的時機來了。

大家不是都說，孩子會在天上選擇媽媽嗎？

或許這個孩子在天上時，就決定要來告訴媽媽，我來給妳離開爸爸的勇氣吧。

而韓衍的選擇想必大家也很問號吧？明明知道羅允芝出軌了，爲什麼還要跟她步入婚姻？

韓衍在故事中把一切解釋成是他太過愛她。他保證要是羅允芝選擇了自己，他終其一生都不會告訴羅允芝，他早就知道她的出軌。

我自己給他們的解釋是這樣的：羅允芝其實也愛著韓衍，只是對現下的生活非常不安，不安到失去了自信。她與楚煜函的相逢，不過就是重拾了自信，並放下了過去的遺憾。

如果羅允芝這輩子只對楚煜函有遺憾，那這個遺憾解決了，從此以後她的心便堅定了。

韓衍是這樣想的，每個人都有自己要釋懷的過往，只是每個人選擇的方式不同，就像一模一樣的事情，趙子喬和羅允芝的選擇就完全不同不是嗎？

要說羅允芝比較幸運遇到了韓衍嗎？因爲韓衍原諒了她，與她步入婚姻。但別忘了，羅允芝的內心也經過很長時間的死水與煎熬，那也是另一種痛苦。

當然，也不是說她是對的，只是人各有命囉（會不會講得太輕鬆XD）。

至於大家最好奇的，楚煜函到底在想什麼，在番外篇也稍微解釋了一下。

其實有時候，人們做了一些事情，自己都不知道爲什麼。

以前我總認爲世界上每件事情都有答案，但其實世界上每件事情大多都不會有答案，你只看得到結果。

而這個結果，是經過很多人、很多事、很多因素交錯之下，孕育出來的。

沒有「正確的答案」，只有開始的「因」，導致最後的「果」。

當我們懂了「世界上每件事情都沒有答案」，我覺得就是我們長大的時候，同時也會有點感傷，因爲曾經的我們已經不在了。

希望大家喜歡這兩本故事，不喜歡、不理解也沒關係，就只是一個平凡無奇的故事罷了。

謝謝你們，也謝謝POPO，更謝謝靜芬與曉芳的等待，我眞的是很歹勢，很想說再來絕對規劃好時間準時交稿，但又很怕被認爲是放羊的孩子（因爲講了好幾次），所以我會用行動證明的，就跟趙子喬一樣XD。

眞的非常感謝大家一直支持著我的作品，那我們就下本書再見了。

國家圖書館出版品預行編目資料

在結局前走失 / Misa著. -- 初版. -- 臺北市：POPO原創出版，城邦原創股份有限公司出版：英屬蓋曼群島商家庭傳媒股份有限公司城邦分公司發行, 2025.02
面； 公分. --

ISBN 978-626-7455-81-4(（平裝）

863.57 113020287

在結局前走失

作　　者／Misa
責任編輯／李曉芳　行銷業務／林政杰　版　　權／李婷雯

內容運營組長／李曉芳
副總經理／陳靜芬
總 經 理／黃淑貞
發 行 人／何飛鵬
法律顧問／元禾法律事務所　王子文律師
出　　版／POPO原創出版
城邦原創股份有限公司
臺北市南港區昆陽街 16 號 4 樓
電話：(02) 2509-5506　傳眞：(02) 2500-1933
email：service@popo.tw
發　　行／英屬蓋曼群島商家庭傳媒股份有限公司城邦分公司
聯絡地址：臺北市南港區昆陽街 16 號 8 樓
書虫客服服務專線：(02) 25007718・(02) 25007719
24小時傳眞服務：(02) 25001990・(02) 25001991
服務時間：週一至週五09:30-12:00・13:30-17:00
郵撥帳號：19863813　戶名：書虫股份有限公司
讀者服務信箱 email：service@readingclub.com.tw
城邦讀書花園網址：www.cite.com.tw
香港發行所／城邦（香港）出版集團有限公司
地址：香港九龍土瓜灣土瓜灣道86號順聯工業大廈6樓A室
email：hkcite@biznetvigator.com
電話：(852) 25086231　傳眞：(852) 25789337
馬新發行所／城邦（馬新）出版集團 Cité(M)Sdn. Bhd.
41, Jalan Radin Anum, Bandar Baru Sri Petaling,
57000 Kuala Lumpur, Malaysia.
電話：(603) 90563833　傳眞：(603) 90576622
email：services@cite.my

封面設計／Gincy
電腦排版／游淑萍
印　　刷／高典股份有限公司
經 銷 商／聯合發行股份有限公司
電話：(02)2917-8022　傳眞：(02)2911-0053

■ 2025年2月初版　Printed in Taiwan

定價 / 320元

ISBN 978-626-7455-81-4